이형석 퓨전 판타지 장편소설
WISHBOOKS FUSION FANTASY STORY

스킬의 제왕

스킬의 제왕 5

이형석 퓨전 판타지 장편소설

초판 1쇄 찍은 날 | 2017년 12월 7일
초판 1쇄 펴낸 날 | 2017년 12월 14일

지은이 | 이형석
펴낸이 | 예경원

기획 | 위시북스
편집책임 | 이규재
편집 | 이즈플러스

펴낸곳 | 예원북스
등록번호 | 제396-2012-000132호
등록일자 | 2012. 7. 25
KFN | 제1-190호

주소 | 경기도 고양시 일산동구 호수로 646-24 위너스21 II 빌딩 206A호 (우)10401
전화 | 031-819-9431 팩스 | 031-817-9432
E-mail | yewonbooks@naver.com

ⓒ이형석, 2017

ISBN 979-11-6098-683-9 04810
      979-11-6098-466-8 (set)

이형석 퓨전 판타지 장편소설

WISHBOOKS FUSION FANTASY STORY

스킬의 제왕

5

Wish Books

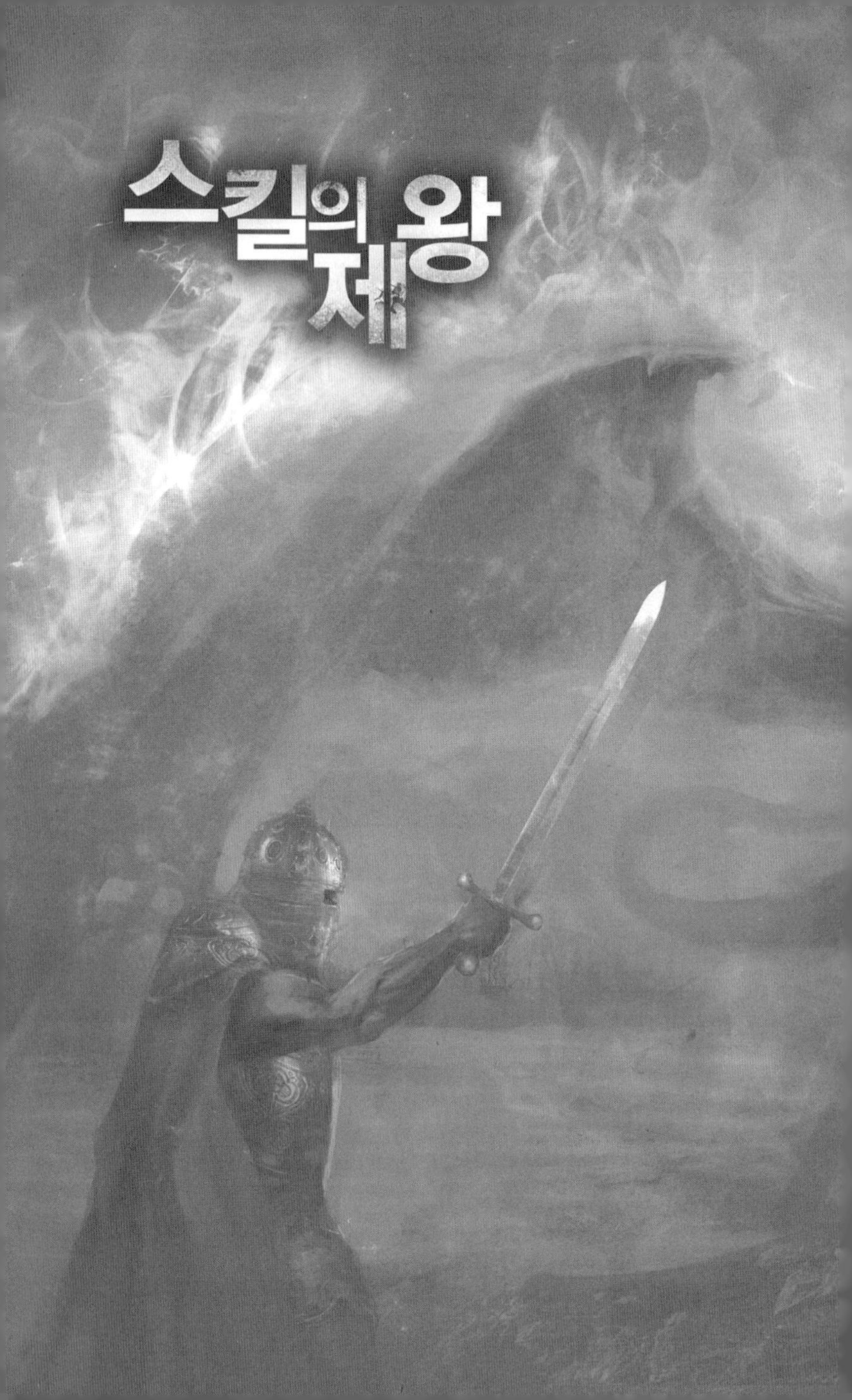
스킬의 제왕

CONTENTS

38장
재해를 막다

"뭐⋯⋯? 무슨 짓을 하려고 그러는 건데!!"

최혁수가 소리쳤다.

"빨리. 시간이 없다. 조금만 지나면 또다시 흑암의 구름이 생성될 거야. 그렇게 되면 핵을 파괴할 수 있는 방법이 없어."

"이게 뭔지 잘 알잖아요!"

"그러니까 달라고 하는 거잖아. 지금이 아니면 언제 쓰겠어?"

무열의 말에 그는 할 말을 잃고 말았다.

"비약의 효과는 기껏해야 15분이에요."

윤선미의 말이 스쳐 지나갔다.

"15분⋯⋯."

최혁수는 자신도 모르게 그 시간을 혼잣말로 중얼거렸다.

"미쳤어요? 비약 효과가 떨어지면 모든 스테이터스가 오히려 배로 감소한단 말이에요. 그렇게 되면 흑암에서 절대로 도망칠 수 없어요!"

"마찬가지다, 지금도."

"……네?"

"흑암을 파괴하지 못하면 어차피 트라멜이 사라지는 건 매한가지야. 이대로 둔다면 이곳은 수년 동안 죽음의 땅이 된다. 그렇게 놔둘 순 없어."

"그래서 지금 당신이 대신 죽겠다는 말이에요?"

"아니."

무열은 최혁수의 손에 있던 비약을 빼앗듯이 가져갔다. 그러고는 한 치의 망설임도 없이 그대로 그걸 모두 입안에 털어 넣었다.

우득.

[마녀의 비약 - 정기(精氣)를 흡수하였습니다.]

우드득.

메시지창과 함께 무열의 몸에 녹색의 기운이 감돌았다.

[사용자의 스테이터스에 비례하여 일시적으로 모든 스테이터스가 비약적으로 상승합니다.]

[적용 시간 : 15분]

[비약의 효과가 끝나면 상승된 스테이터스의 2배만큼 스테이터스가 감소합니다.]

[추가적으로 감소되는 스테이터스는 마이너스 수치로까지 떨어질 수 있습니다.]

무열은 비약을 마신 순간 무척이나 상쾌한 기분이 들었다. 그러나 그의 주변을 감싸고 있는 녹색의 기운은 어쩐지 불안해 보였다.

"최혁수, 넌 돌아가라."

무열은 크게 공기를 들이마신 뒤에 흑암의 핵을 바라보며 말했다.

"흑암과 싸울 수 있는 15분. 너라면 그 정도의 시간으로도 트라멜로 충분히 대피할 수 있을 테니까."

두 자루의 검에서 흘러나오는 마력은 조금 전과는 확실히 달랐다.

최혁수는 그 모습을 보며 말했다.

"……장난해요?"

그는 품 안에 만들어 놓은 보옥을 전부 꺼내었다.

"더 이상 진법을 만들 순 없어요. 쐐기를 박는 것도 불가능하니까."

그의 손에 들린 네 개의 보옥.

"이게 내가 할 수 있는 전부예요. 환술사는 따로 스킬을 쓸 수 있는 것도 아니니까."

무열이 최혁수를 바라봤다.

"보옥을 쓰는 데 드는 시간이야 기껏해야 1~2분. 어차피 도망칠 거면 이거라도 다 쓰죠."

그는 아무렇지 않은 듯 어깨를 들썩였다. 그러면서도 이미 눈은 흑암의 핵을 향하고 있었다.

"계획은?"

"네?"

"이미 생각해 둔 게 있을 것 같은데."

최혁수는 그의 말에 고개를 저으면서 자신도 모르게 피식 웃었다.

"하여간…… 눈치 하나는 빠르다니까."

정기의 비약을 마신 무열을 봤기 때문일까. 더 이상 그는 도망을 칠 생각을 하지 않았다. 그보다 이 상황을 해결할 방법을 찾는 데 머리를 굴렸다.

세 개의 보옥을 손 위에 올리고 최혁수는 나머지 하나를 무열에게 건넸다.

그러고는 말했다.

"몰이사냥."

"우리가 할 수 있는 게 뭐 없을까요."

"글쎄요……. 애초에 접근이 불가능한 상태였으니까요. 일단 구름이 걷힌 것 같긴 하지만 또 언제 생성될지 모르니까요."

"주군을 믿어보시죠."

강찬석과 오르도 창의 말에 트라멜로 돌아온 윤선미는 안타까운 표정으로 앞을 바라봤다.

성벽 위에서도 선명하던 흑암의 모습은 확실히 협곡 아래에 있는 무열에 의해 흩어졌다. 그러나 완전히 제거되지 않고 서서히 위에서부터 다시 만들어지고 있었다.

"제가 다시 가야겠어요."

"아니? 그게 무슨……."

"너무 위험합니다. 절대로 안 됩니다."

칸 라흐만과 강찬석이 깜짝 놀라 말했다.

"그렇습니다. 언제 다시 재생될지 모르는 흑암 안으로 다시 들어가는 건 자살행위입니다."

"그럼…… 저 둘은요?"

윤선미는 협곡을 가리키며 말했다.

"무열 씨는 그렇다 쳐도 혁수 씨는 환을 먹지도 않았어요. 제게 먼저 대피하라고 했지만…… 아직까지 저곳에 있다는 게 이상해요."

"자네 뜻은 이해하지만 오히려 자네가 가는 게 무열을 방해 한다고 생각하진 않는가? 무열의 공격을 따라갈 수 있는 사람 은 아마 이곳에 아무도 없을 걸세."

칸 라흐만이 고개를 저으며 말했다. 베이 신은 그 말에 살 짝 기분이 나쁜 듯 입술을 씰룩거렸지만 반박을 하진 못했다.

"그래요, 선미 양. 지금 가 봐야 늦습니다. 거리를 보세요."

강찬석도 말렸다.

여러 사람의 만류에 결국 윤선미는 고개를 떨굴 수밖에 없 었다.

"방법이 없는 건 아닙니다."

그때였다. 그들의 대화를 듣고 있던 오르도 창이 조심스럽 게 말을 꺼내자 모두의 시선이 그쪽으로 향했다.

"제가 모시고 가겠습니다."

"뭐?"

"그게 무슨 말이야?!"

경악하는 사람들과 달리 오르도 창은 트라멜 성벽 아래에 묶어놓은 커다란 카르곤을 가리키며 말했다.

"여기서 저 녀석을 몰 수 있는 사람은 저뿐인 것 같더군요. 여러분은 스킬…… 이란 것이 없어서 탈 수 없다던데."

히이이잉…….

카르곤은 오르도 창의 말을 알아듣기라도 한 듯 고개를 한 번 저었다.

"서두르면 가능합니다. 어떻게 생각하십니까?"

"부탁드려요."

윤선미의 대답에 오르도 창은 망설이지 않고 고개를 끄덕였다.

"알겠습니다."

"잠깐, 그럴 거면 우리도 함께 가. 두 사람만 보낼 수 없다."

대화를 듣던 강찬석이 오르도 창을 막았다.

"저 녀석의 등에 타보지 않아서 모르나 본데, 카르곤은 덩치는 커도 두 사람 이상 태우지 않는다."

"뭐?"

"그건 오르도의 말이 맞네."

칸 라흐만이 고개를 끄덕이며 대답했다.

가볍게 웃은 오르도 창은 강찬석의 어깨를 툭 치면서 말했다.

"네 마음은 알겠지만 여기선 우리 둘밖에 갈 수 없어. 가장 먼저 말을 꺼낸 사람, 그 사람이 가는 게 맞다."

"……."

"잠시!! 잠시만요!!"

그때였다. 당장 성벽을 내려가려고 하는 와중에 자신들을 향한 목소리가 들렸다.

"하아, 하아……. 다행이다."

"무슨 일이지?"

"이거."

성벽을 올라온 사람은 다름 아닌 지웅 슈였다.

그의 손에 들려 있는 것. 그건 다름 아닌 치어 기름으로 만든 환이었다.

"시간이 부족해서 하나밖에 만들지 못했어요. 그래도 혹시 모르니까 가져가세요. 도움이 될지 모르니까."

모두가 악마군과의 전쟁에서 쟁취한 승리에 기뻐할 때 지웅 슈는 반대로 공방에 틀어박혀 이걸 만든 모양이었다.

무열을 제외하고 협곡에 남게 되는 인원은 세 명.

한 개의 환이 어떤 도움이 될지는 모르지만 어린 지웅 슈의 노력만큼은 기특한 일이었다.

"고마워. 분명 도움이 될 거야."

그 마음을 알았는지 윤선미가 그의 머리를 한번 쓰다듬어 주고는 천천히 고개를 들었다.

"가죠."

"네."

히이이이잉……!!!

카르곤의 울음소리가 트라멜을 울렸다.

쿠르르르르…….

현실에서는 볼 수 없는, 번쩍이는 자줏빛의 낙뢰가 협곡 아래로 쏟아졌다.

산산조각이 났던 흑암의 검은 구름이 다시 모이려는 듯 하늘 위로 서서히 바람의 소용돌이가 만들어지기 시작했다.

탁— 타탁.

협곡 아래를 달리는 한 사람.

강무열.

"협곡에 세 지점."

그는 최혁수의 말을 곱씹으며 생각했다.

'정말 대단해. 이 짧은 순간에 이런 계획을 짜다니 말이야.'

무열은 흑암의 핵을 쫓았다.

'여기다.'

그리고 최혁수가 미리 생각해 둔 장소가 보이자 그대로 몸을 움직였다.

파앗!!

무열이 협곡의 벽을 박차고 뛰어 올라 지그재그로 달리며 순식간에 흑암의 핵을 가로질렀다.

정기의 비약의 효과로 인해 모든 스테이터스가 2배 넘게 상승한 그의 속도는 핵조차 뛰어넘을 정도였다.

무열이 흑암의 핵의 앞을 막아선 순간.

휘이이익……!!!

V자 협곡의 양쪽 벽에서 핵을 가두려는 듯 X자 모양으로 교차되며 밑에서 위로 솟구치는 소용돌이가 생성되었다.

정확히 교차되는 중앙에 흑암의 핵이 그물처럼 잡힌 순간 빠르게 날아가던 핵이 주춤거렸다.

'좋았어.'

최혁수의 생각대로였다.

단 한 번뿐이지만 그의 진법으로 만들 수 있는 약간의 빈틈.

협곡 위에서 보옥을 던진 그는 손을 머리 위로 들어 올린 다음에 아래로 찍어 내리듯 내려쳤다. 마지막 보옥 하나가 공중에서 터지면서 마지막 풍진이 쐐기를 박듯 X자로 교차된 바람의 그물 가운데를 찔렀다.

[키륵……!! 키르르륵……!!]

흑암의 핵이 도망을 치려고 안간힘을 썼다.

날카롭게 갈라진 눈동자가 마치 괴수의 입처럼 변하더니 이상한 소리를 내기 시작했다. 소름이 돋을 것 같은 느낌.

"지금이에요!!!"

최혁수의 외침을 들은 무열이 그에게 받은 보옥을 아래로 던지면서 달려갔다.

휘아아악……!!

마지막 풍진이 이번엔 아래에서 위로 솟구치며 핵을 옭아 맸다.

콰가가각———!!!

지면을 밟는 무열의 발소리가 강렬했다.

그가 공중으로 뛰어오르며 뇌격으로 강검술(强劍術)을.

콰앙……!!

착지하는 순간 다른 쪽에 잡고 있는 뇌전으로 비연검(飛軟劍) 을 펼쳤다.

파바바밧—!!!

무열의 검이 풍진의 바람을 뚫고 핵을 향해 쏘아졌다.

하지만.

"제길……!!"

모자랐다. 갈라진 입으로 마치 바람을 빨아들인 것처럼 일 순간 풍진의 힘이 사라짐과 동시에 무열의 공격이 아슬아슬 하게 핵에 닿지 못했다.

무열의 입에서 욕지거리가 터져 나왔다.

최혁수가 짠 계획은 완벽했다. 아니, 완벽에 가까웠다. 하지만 그조차도 예상하지 못한 것. 그건 흑암의 능력이 그의 생각보다 훨씬 더 상회했다는 점.

재해(災害).

결코 쉽게 이길 수 있는 적이 아니었다. 아니, 쉽게라는 말 자체가 성립이 안 되는 것이다.

그 순간.

"크아아악……!!"

정기의 비약의 시간이 거의 끝나가자 무열의 온몸이 뒤틀리기 시작했다.

그와 동시에 흑암의 먹구름이 협곡을 채우기 시작했다.

"쿨럭……."

무열은 폐를 찌르는 듯한 고통에 몸이 마비되는 기분이었다.

결국 파르르 떨리는 그의 왼팔이 더 이상 검을 잡지 못하고 떨어뜨렸다.

"하아, 하아, 하아……!!"

이를 악물며 버티는 그였지만 빠르게 모이는 흑암의 기운 속에서 점차 무너지기 시작했다.

"크…… 허……."

최혁수 역시 마찬가지였다. 마지막 보옥까지 모두 사용한 그는 치어 기름의 환조차 먹지 않았기 때문에 흑암의 독기에 더 취약할 수밖에 없었다.

마비가 된 입에서는 타액이 주르륵 흘러내렸다. 무릎을 꿇은 채로 숨을 쉴 수 없을 만큼 고통스러워하던 그가 허리를 새우처럼 꺾으며 주저앉았다.

실패(失敗).

더 이상 할 수 있는 것이 없었다.

무열은 가소롭다는 듯 그의 주위를 맴도는 흑암의 핵을 바라보는 것이 고작이었다.

"으…… 으아아아!!!"

안간힘을 쓰며 검을 바닥에 꽂고 지팡이 삼아 일어선 무열이 쥐어짜 낸 힘으로 검을 그었다.

부웅……!!

하지만 허공을 가르는 검.

'이대로…… 끝인가.'

무열은 흐릿해지는 시야를 회복하기 위해 고개를 가로저었다.

그때였다.

"주군……!!!!!"

검은 구름을 뚫고 튀어나온 한 남자.

바로, 오르도 창이었다.

화아아아악———!!!

강력한 바람의 힘을 머금은 구슬 세 개가 주변을 회전하며 독기를 몰아냈다.

미스틱 서클(Mystic Circle), 은풍(闇風)의 구슬.

바람의 속성을 가진 마녀의 구슬이 무열과 최혁수의 주위를 빠르게 감쌌다.

"선미 양께서 길을 만들 겁니다."

서서히 가라앉는 흑암의 구름은 점차 그들의 목을 조여왔다.

환을 먹지 못한 윤선미는 협곡 반대편에서 마법을 시전했다. 멀리 떨어져 있어 정교한 조작이 어려웠기에 어느 때보다 그녀의 집중력이 극에 달했다.

파르르…….

하지만 고통 역시 극에 달하긴 마찬가지.

쓰러진 최혁수를 부축하고 서 있는 윤선미의 지팡이를 쥔 손은 이미 떨리고 있었다. 협곡 반대편이라 할지라도 이미 그녀 역시 흑암의 독기에 물들어 있었으니까.

'제발…….'

깨문 입술에 깊은 잇자국과 함께 붉은 피가 주르륵 흘러내렸다. 의식을 잃지 않으려고 안간힘을 쓰는 모습이었다.

마지막 기회.

실패하면…… 정말로 모두가 죽는다.

파바바바밧———!!!

은풍의 구슬이 만든 길의 끝에 보이는 붉은 눈동자.

파앗!!

먼저 움직인 것은 오르도 창이었다.

연사검(軟蛇劍).

날카로운 뱀의 이빨처럼 그의 검이 특유의 궤도를 따라 핵을 노렸다.

추앗…… 추앗……!

하지만 빠른 속도로 움직이는 핵은 오르도 창의 검에도 베이지 않았다.

1식, 2식, 3식.

연달아 펼치는 그의 검술은 매끄럽게 이어졌다. 그러나 그의 공격은 단 한 번도 핵에 닿지 못했다. 그럼에도 불구하고 오르도 창은 계속해서 공격을 퍼부었다.

[끼릭…… 끼릭…….]

그 모습을 비웃기라도 하는 듯 오르도 창의 공격을 피하면서 핵은 괴상한 소리를 냈다. 마치 자신의 구름이 생성되기를 기다리며 여유롭게 인간을 유린하는 모습.

"크아아아아!!!"

오르도 창은 외침을 토해내며 있는 힘껏 검을 휘둘렀다. 그러나 마지막 공격까지 핵은 쉽사리 피하며 무위로 돌아갔다.

"후우……."

그는 입김을 토해내며 그 자리에서 멈췄다.

[끼릭…… 끼릭…….]

다시 한번 핵의 괴상한 웃음소리가 들렸다.

오르도 창의 뺨을 가볍게 툭 스치며 핵은 하늘 위로 올라가려 했다.

그 순간, 그는 눈을 감았다.

서걱.

바로 이 소리를 기다렸다.

오르도 창의 뺨에 붉은 실선이 생겼다.

"미안하다."

그 틈 사이로 작은 핏방울이 맺혔다.

"아닙니다."

그와 흑암의 핵 사이를 뚫고 들어온 검날의 날카로운 예기는 검에 닿지도 않은 그의 뺨에 상처를 남겼다.

"네 덕분이다."

그 정도 상처는 아무것도 아니라는 듯 오르도 창은 오히려 고개를 끄덕였다.

"도움이 되어 영광입니다."

파가가가가각———!!!!!

무열의 검 끝에 꽂힌 흑암의 핵이 부르르르 떨리더니 유리구슬처럼 산산조각이 났다.

그와 동시에 상공에서 만들어지던 독기를 머금은 먹구름역시 폭발하듯 사라졌다.

쿠르르르르……!!!

압축된 공기가 터져 나가는 것처럼 맑은 하늘이 그 사이로 나타났다.

어두웠던 협곡의 그림자가 완전히 사라지고 눈이 부실 정도의 햇살이 그들의 머리 위로 내리쬐자 그제야 무열은 천천히 눈을 감으며 힘겹게 들고 있던 검을 떨어뜨렸다.

그 순간, 그들의 머리 위로 붉은 메시지창이 떠올랐다.

[흑암을 파괴하였습니다.]

[재해(災害)를 막는 데 성공하였습니다.]

[위업 달성!!]

[대륙 최초의 검은 구름 종결자!!]

[모든 참여자의 스테이터스 상승 15%]

[모든 속성&내성력 증가]

[마석 획득률 상승 10%]

[몬스터 공포 확률 감소 10%]

[기여도에 따른 차등 보상이 이어집니다.]

[최상위 한 명에겐 특별한 칭호가 주어집니다.]

[1위. 강무열]

[2위. 최혁수]

[3위. 윤선미]

[4위. 오르도 창]

[……]

[자세한 특전은 개인창을 확인하십시오.]

상공에 커다랗게 새겨지는 위업 달성의 메시지 아래 모든 사람에게 각각 작은 메시지창이 생성되었다.

그건 무열 역시 마찬가지였다.

"……."

다른 사람들과 달리 빠르게 스크롤되는 글자들. 말 그대로 읽기 힘들 정도로 긴 내용들이었다.

그럴 수밖에. 아자젤의 처치에서부터 흑암까지, 그가 했던 모든 것에 대한 보상이 이뤄지는 순간이었으니까.

하지만 무열은 메시지창에서 시선을 뗐다. 이 수많은 보상의 확인은 천천히 해도 되었으니까.

그보다 더 중요한 것.

떨리는 가슴으로 상공에 새겨진 한 줄의 문장을 그는 지그시 응시했다.

[지금부터 트라멜에 신의 축복이 내려집니다.]

기다렸던 것.

수년간 죽음의 땅이었던 트라멜이 아닌, 누구보다도 비옥해질 자신의 땅. 이로써 그는 권좌에 한 걸음 더 다가가게 될 것이다.

[재해를 막는 데 성공하였습니다.]

와아아아아아아――!!!!!
와아아아―――!!!

트라멜에서 울려 퍼지는 함성이 협곡까지 들려왔다. 파랗게 변한 하늘만큼이나 그들의 얼굴에도 격양된 기쁨이 가득했다.

[1위. 강무열]

무열은 천천히 눈을 떴다.
그의 눈앞에 펼쳐진 황금색의 메시지창에 적혀 있는 진한 글자.
"축하드립니다, 주군."
오르도 창은 난생처음 보는 업적창 목록에 자신의 이름이 있는 것이 신기한 듯 눈을 떼지 못했다.

[칭호 : 재해 추격자]

대륙을 위협하는 재해를 막는 데 성공한 자 중 단 한 명에게 주어지는 사명.

이것은 평생을 바쳐도 이뤄낼 수 없을 만큼 고되고 어려운 일이다.

그러나 재해를 막아낸다면 영원히 기억될 업적이 될 것이다.

대자연의 강맹한 힘에 맞서야 할 그대에게 축복을 내리리라.

-세븐 쓰론에 존재하는 10개의 모든 재해를 막는 데 성공 시 아주 특별한 특전이 주어집니다.

[자연계 모든 내성력 발현!]

[빙결, 전격, 대지, 바람 4가지의 내성력이 추가적으로 생성되었습니다.]

[각 내성력 포인트 30 획득]

[추가 마력 내성력 포인트 30 획득]

밀려오는 충만한 기운에 어느새 흑암의 독기가 모두 사라져 있었다. 마치, 그의 몸에서 생성된 내성력이 그 힘을 밀어내는 것 같은 기분이었다.

[흑암의 기운이 당신에게로 스며듭니다.]

부서진 흑암의 핵의 조각에서 빛이 나기 시작했다.

처음에는 붉다가 보랏빛으로 변한 그 빛이 다시 한번 검게 변하고 난 뒤 연기가 되어 무열의 몸을 감쌌다.

"……!!"

생각지도 못한 상황에 무열뿐만 아니라 그 주위에 있던 사람들까지 모두 깜짝 놀란 얼굴로 그를 바라봤다.

[이제 특수한 재해의 힘은 하나의 새로운 힘으로 변화하여 머뭅니다.]

[흑암(黑暗) : 고유력 변환]

[암흑력(暗黑力) 발현!!]

[재해 : 흑암의 특성으로 인한 순도 높은 암흑력을 흡수하였습니다.]

[암흑력이 비약적으로 증가합니다.]

[암흑력이 400 Point 상승하였습니다.]

무열은 계속해서 이어지는 메시지창을 바라보다 놀란 얼굴로 자신의 손바닥을 들어 올렸다. 오른쪽 가슴에서부터 혈관을 타고 내려오는 기운은 확실히 마력과는 또 다른 느낌이었다.

[암흑력을 습득하였습니다.]

[네크로맨서의 목걸이가 당신의 암흑력에 반응합니다.]

[조건 확인 완료]

[네크로맨서의 목걸이를 사용할 수 있습니다.]

'흑암에서 암흑력을 얻을 수 있게 될 줄이야. 이건 정말 상상도 못 한 일인데.'

재해를 막는 것만 생각했지 솔직히 재해를 막고 난 뒤에 얻을 수 있는 혜택에 대해서 제대로 생각해 본 적은 없었다. 그정도로 상황이 급박했으니까.

무열은 인벤토리 안에서 황금색의 목걸이를 꺼내었다.

[네크로맨서의 목걸이]

대륙 최초의 네크로맨서인 웰 바하르가 남긴 3개의 유품 중 하나.

자신의 암흑력에 한정하여 언데드를 소환할 수 있다.

등급 : A급

분류 : ACC

내구 : 파괴 불가능

[언데드 병사 소환 : 30마리]

[최대 암흑력 지속 시간 : 1시간]

[언데드 병사 : E등급]

네크로맨서의 목걸이 안에 잠재되어 있는 가장 기본적인 언데드 병사. 평균적인 E랭커의 힘을 가지고 있다. 암흑력에 따라 소환할 수 있는 개체 수가 증가하며 유지할 수 있는 시간 역시 달라진다.

목걸이 안에는 총 3가지의 언데드가 각인되어 있다고 알려져 있으며 특정한 제단에서 그 힘을 깨울 수 있다고 한다.

'으흠……. E랭커라면 위급할 때 방패막이 정도는 쓸 수 있을까. 아직은 딱히 필요가 없을지도 모르겠군.'

무열은 네크로맨서의 목걸이에 새롭게 생성된 추가 설명을 읽으면서 생각했다.

불멸자(不滅者)라 불렸던 염신위의 언데드 군단은 상상할 수 없을 정도로 강력했다.

'그가 목걸이를 비롯해 웰 바하르가 남긴 3개의 유품을 모두 모은 건지는 모른다. 하지만 분명한 건 언데드 군단이 있다면 불필요한 희생을 감수하지 않아도 된다는 것.'

병사의 목숨 대신 자신의 암흑력으로 만든 언데드들로 그것을 보충할 수 있다면 그건 훨씬 더 많은 사람을 구할 수 있다는 것이기도 했다.

하지만, 그러기 위해서 필요한 것.

'더 강력한 언데드를 소환할 수 있도록 해야 한다.'

E등급의 언데드 병사로는 아무것도 할 수 없으니까.

무열은 재해를 막음으로써 자신이 해야 할 일이 한 가지 더 생겼다는 것을 느꼈다.

무열은 자신의 메시지창에서 눈을 떼고 눈앞에 존재하는 커다란 상자를 바라봤다.

선혈동굴에서 벤누를 사냥했을 때와 같은 보상 상자.

하지만 다른 부분이 있었는데, 그때는 그저 평범해 보이는 나무 상자였다면 지금은 테두리 장식이 은으로 되어 있는 화려한 상자였다.

'막을 수 없다고 알려졌던 재해에 대한 보상이 은상자라는 건…… 이보다 더 난이도가 높은 것이 있다는 걸 의미하는 걸 텐데.'

무열은 자신의 앞에 있는 상자를 바라보며 생각했다.

과연 재해보다 더 큰 퀘스트는 뭐가 있을까.

물론, 인간계 최강의 무구라고 알려진 검의 구도자(Seeker of the Sword)는 지금 상황에선 비교를 할 수 없을 정도로 높은 SSS급이다.

하지만 그건 성장형 아이템.

퀘스트를 통해서 모으는 시간이 걸리는 것도 있지만 애초에 최소 S랭커가 아닌 이상 마지막 퀘스트를 진행조차 하지 못한다.

그 당시 이강호의 랭크는 SS였고 다른 강자들 역시 S~SS랭크까지 다양했다. 만약 이 시점에서 검의 구도자가 완성되었다고 해도 A등급 이상의 아이템은 아닐 것이다.

'보상은 전체적인 사람들의 능력치에 따른 상대적인 보상이다. 시간이 지날수록 더 좋은 아이템이 나오는 것은 당연한 사실.'

그렇기 때문에 사실상 무열은 자연계의 모든 내성력을 가지게 된 것만으로도 충분한 보상이라 생각했다.

탈칵.

무열이 앞에 있는 은상자를 열었다. 그러자 상자 안에 있는 빛 방울이 솟구쳐 오르더니 협곡에 있는 네 명에게 하나씩 스며들었다.

"이건······."

무열은 자신의 안에 들어온 빛을 확인했다.

인벤토리를 열자 처음 보는 검은색의 아이템 하나가 있었다. 끄집어내서 손바닥 위에 올리자 한쪽으로 되어 있는 작은 귀걸이가 눈에 들어왔다. 작고 검은 보석 같은 것이 박힌 귀걸이. 태어나서 평생 귀걸이를 해본 적이 없는 무열이었기에 낯설었지만 일단 확인해 볼 필요가 있었다.

[검은 구름의 귀걸이]

열 개의 재해 중 아홉 번째, '흑암(黑暗)'의 핵으로 만들어진 귀걸이. 오로지 단 한 사람, 흑암을 파괴한 자에게 주어지는 이 힘은 흑암에서 흡수한 암흑력을 자신의 것으로 만드는 데 도움을 줄 것이다.

또한, 모든 재해에는 상성이 있기에 이 귀걸이를 가지고 있는 추적자라면 두 번째와 다섯 번째의 재해의 공략에 앞서 큰 힘이 될 것이다.

등급 : A급(유니크)

분류 : ACC

내구 : 100

효과 :

　독에 대한 내성력 증가

　매일 1 Point의 암흑력을 생산하여 신체에 흡수하게 만든다.

"대단한걸."

무열은 자신도 모르게 순수한 감탄을 내뱉었다.

매일 암흑력 생산.

고작 1 Point라고 할 수도 있겠지만 축적되는 양을 생각하면 사실상 단순하게 생각할 것이 아니었다.

마력과 달리 암흑력은 흑암이라는 몬스터를 잡고 얻게 된 힘. 굳이 따지자면 스킬북의 개념과도 다르다.

마나 호흡법과 같은 마력 증가 스킬도 익히지 못한 상황에서 무열로서는 암흑력을 증가시킬 수 있는 방법이 없었다.

'시간이 지날수록 암흑력이 쌓인다는 건 나중을 생각하면

정말 유용한 것이 아닐 수 없지.'

흑암의 고유력인 암흑력에 최적화된 아이템이라 할 수 있었다.

무열은 망설임 없이 만족스러운 표정으로 오른쪽 귀에 작은 귀걸이를 착용했다.

[검은 구름의 귀걸이가 적용됩니다.]

[독 내성력 50 획득]

[매일 암흑력 1 Point가 신체에 축적됩니다.]

[신체가 받아들일 수 있는 한계치에 도달할 경우 더 이상 암흑력이 쌓이지 않습니다.]

"오르도 창, 넌 어때?"

"네?"

무열은 생각을 잠시 멈추고 그의 옆에 서 있는 오르도를 바라봤다.

환을 먹지 않은 최혁수와 윤선미는 아직 회복 중이었다. 두 사람도 보상 상자의 아이템을 얻었을 테지만 확인해 볼 방도는 없었다.

"보상 상자의 아이템, 쓸 만한 거야?"

그의 물음에 오르도 창은 가볍게 웃으면서 고개를 끄덕였다. 표정만 봐도 만족스러운 얼굴. 어쩐지 무열의 질문을 기다리고 있었던 것 같은 모습이었다. 창 일가의 가주로서 지금까지 그의 모습은 주군을 따르는 무게감 있는 남자였지만 이 순간만큼은 마치 어린아이 같아 보였으니 말이다.

"별거 아닙니다. 마침 검이 하나 부러졌는데…… 상자에서 검 한 자루를 받았습니다."

"그래?"

"네, 여기."

오르도 창은 들고 있던 검을 무열에게 건넸다.

확실히 지금까지와는 다른 검이었다. 검은 구름을 머금은 것 같은 흑빛의 날이 이색적인 묵검이었다.

[흑운(黑雲)]

아홉 번째 재해 '흑암(黑暗)'으로부터 파생된 무기.

검은 날에는 흑암의 고유력인 암흑의 힘이 잠재되어 있으며 검극에는 독이 있어 얕은 상처에도 숨을 쉴 수 없을 정도의 고통을 안긴다.

등급 : A급(유니크)

분류 : 검(성장형)

내구 : 100

효과 :

　절삭력 +20%

공격력 +15%

추가 암 속성 대미지 +15%

추가 독 속성 대미지 +10%

무열은 오르도 창의 흑운을 살피며 감탄을 금치 못했다.

'훌륭하다. 뇌격과 뇌전에 비해서 공격력은 부족하지만 대신 절삭력이 높다. 게다가 세트 아이템이기 때문에 뇌 속성과 정령 대미지가 추가로 있는 뇌격과 뇌전에 비해 검 한 자루에 두 가지 속성 대미지가 있는 건 정말 보기 힘든 아이템이지.'

흑운은 확실히 위업에 걸맞은 보상이었다. 검을 쓰는 사람이라면 누구나 탐이 날 만큼 멋진 아이템이었다.

"너에게 어울리는군."

무열은 흑운을 오르도 창에게 건넸다.

"그렇습니까? 다행이네요. 잘은 모르겠지만 저도 마음에 듭니다. 어쩐지 아직은 이 검의 진짜 모습을 모두 끌어내지 못한 것 같지만요."

그의 대답에 무열은 고개를 끄덕였다. 토착인인 그는 흑운의 자세한 능력치는 모를 테니까.

"그 검, 네가 강해질수록 그 녀석 역시 강해질 거야. 강자에게 어울리는 검이라 할 수 있겠지."

"네? 그게…… 정말입니까."

"그래, 에고 소드는 아니지만 성장형 무기야. 대륙에서도 정말 보기 힘든 아이템이기도 하지만 무엇보다 주인의 역량에 따라 변화하는 건 더 이상 무기에 대한 고민을 할 필요 없다는 의미이기도 하지."

"제가 강해지기만 하면 된다는 말이군요."

"맞아."

무열은 오르도 창의 말에 고개를 끄덕였다.

물끄러미 자신의 흑운을 바라보는 오르도 창은 여러 가지 생각이 오가는 듯한 표정이었다.

"그런데…… 그게 끝이 아닐 텐데?"

"네?

그런 그의 고민을 잠시나마 잊게 해주려는 듯 무열이 화제를 돌렸다.

"순위에 네 이름이 있던데. 토착인에게도 이런 식으로 보상이 주어질 줄은 나도 몰랐던 일이지만 아마 저 둘과 비슷하겠지."

"네, 저도 놀랐습니다."

"뭔가 변한 게 느껴져?"

"글쎄요……. 아직은 감이 잘 오지 않습니다. 저는 딱히 랭크가 있는 게 아니니까요."

무열은 그의 말에 고개를 끄덕였다.

하지만 일단 2위와 3위에 랭크되어 있던 두 사람의 주위로

금빛이 일렁였던 것을 봤다.

공방에서 자신도 한 번 겪었던 이펙트.

랭크 업(Rank Up).

아자젤을 사냥하는 데에 제외되었던 두 사람은 이번에 흑암을 막음으로써 랭크 업을 하게 된 것이다.

그렇다면 오르도 창 역시 마찬가지일 터. 지금 당장은 스테이터스의 변화를 느끼지는 못하겠지만 분명 그 역시 상승했을 것이다.

'원래 실력을 생각해 보면 오르도 역시 C랭크를 넘어섰을 것이다.'

무열은 시간이 되면 그와의 대련을 통해 상승된 스테이터스에 적응할 수 있도록 해야 하겠다고 생각했다.

"너무 걱정하지 마. 아직도 우리에게 해야 할 일이 많고 이미 충분히 강해지고 있으니까."

"감사합니다."

그의 말에 오르도 창은 고개를 끄덕였다.

스테이터스나 랭크를 확인할 수 없는 그로서는 자신의 변화를 수치로 볼 수 없어 더 걱정스러울 수밖에 없을 것이다.

힘의 균형.

특히 이건 같은 영역 안에 많은 사람이 존재할수록 중요했다. 누군가 자신의 의견을 피력하고자 할 때 그 의견이 받아

들여지기 위해선 아무리 동료라 할지라도 상대방에 못지않은 힘이 있어야 하는 법이니까.

'오르도와 윤선미가 올 것이라고는 생각하지 못한 일이지만 그들 덕분에 흑암을 물리칠 수 있었다. 게다가 이곳에 있는 사람이 최혁수와 윤선미, 그리고 오르도 창이라는 것도 주요하다. 이 세 사람이 딱 공방 공략에 참여하지 못한 사람들이니까.'

그런 의미에서 가장 주요한 한 사람.

'최혁수.'

두 번이나 그를 제외한 것이 미안하기도 했지만, 뒤처진다고 생각하여 어쩌면 무열의 곁에 있는 것이 도움이 되지 않는다고 판단할까 봐 걱정이 되었었다. 그렇기 때문에 무열도 흑암을 막고 난 뒤에 그에게 새로운 진법을 위한 퀘스트를 도와주기로 약속한 것이기도 했다.

'하지만 이번 보상을 통해서 그도 랭크 업을 했으니 이거야말로 최상의 결과다.'

무열은 쓰러져 있던 두 사람을 부축했다.

오르도가 저 멀리 세워뒀던 카르곤을 데리고 왔다. 무열은 두 사람을 안장 위에 앉혔다.

"돌아가자."

저 멀리 보이는 트라멜. 그 위로 마치 오로라 같은 빛무리가 떠 있었다.

신의 축복.

무열은 죽기 전 전생에서 딱 한 번 저것을 본 적이 있었다.

축복이 내려진 그 땅을 사람들은 이렇게 불렀다.

성역(聖域).

'그리고 이제 트라멜의 이름이 대륙 전역에 알려질 것이다.'

무열은 자신의 영토를 바라보며 생각했다.

쏴아아아악---!!!

트라멜 안에 상쾌한 바람이 불었다.

부서진 건물들은 그대로였지만 청명한 하늘 아래에 부는 바람은 무척이나 기분을 기쁘게 만들었다.

"와아아아아--!!!"

"만세-!!!"

"강무열……!! 강무열……!! 강무열……!!"

폐허 위에 서 있는 사람들의 얼굴엔 기쁨이 가득했다. 비록 죽은 자도 많고, 다친 사람도 많았지만 이렇게 살아남은 사람들은 그 슬픔보다 더 격렬하게 지금 이 승리를 찬양했다. 그리고 그 목소리는 모두 트라멜에 입성하는 강무열에게로 향했다.

"괜찮으십니까."

성문 앞으로 마중을 나온 사람들을 향해 고개를 끄덕인 무열이 최혁수와 윤선미를 그들에게 내어주며 말했다.

"재해가 사라졌기 때문에 흑암에 입었던 독기도 자연스럽게 없어질 겁니다. 하지만 회복하는 데 시간이 제법 걸릴 테니까 조용한 거처를 마련해 주세요."

"그렇게 하도록 하겠습니다."

라캉 베자스는 고개를 끄덕이며 대답했다.

저벅.

무열이 트라멜 요새 안으로 발을 들여놓는 순간, 상공에 떠 있는 오로라가 화려한 빛을 뿜어내며 빛나기 시작했다.

[트라멜에 신의 축복이 내려집니다.]

[대륙 최초의 축복!]

[축복의 효과가 추가됩니다.]

"오 오 오……!!!"

"이건……!"

붉은색의 거대한 창이 다시금 생성되었다. 요새 안에 있던 모든 사람이 고개를 들어 그것을 바라봤다. 무열 역시 마찬가지였다.

[트라멜의 모든 자원이 풍족해집니다.]

[온화한 기후를 유지합니다.]

[트라멜에 소속된 모든 사람은 60일간 모든 스테이터스 10% 상승 효과와 함께 습득률 10% 증가 효과를 얻습니다.]

[트라멜 내에서의 생산 스킬 숙련도의 상승 폭이 15% 증가합니다.]

[트라멜에 인접한 3개의 던전에서 획득할 수 있는 마석의 양이 증가합니다.]

"이거…… 완전 장난이 아니잖아?"

"스킬 숙련도 증가? 이거 잘하면 중급 대장 스킬까지 올릴 수 있을 것 같은데?"

"나도! 그동안 세공 스킬이 안 올라서 죽겠었는데……. 이번 기회면 등급을 올릴 수도 있겠어!"

"후아……!!"

트라멜에 내려진 버프를 보며 사람들은 놀란 표정을 감추지 못했다.

특히 생산 스킬을 가진 자들이 더더욱 그랬다. 전투 능력이 달리는 그들은 재료를 얻는 것도 쉽지 않았다. 한정된 자원에서 스킬을 올리는 것은 확실히 어려운 일. 그들에게 스킬 숙련도가 15%나 상승한다는 건 정말 꿈같은 일일 것이다.

'생각했던 것보다 축복 효과가 크다. 트라멜 주위의 던전이라면 어차피 최혁수 때문이라도 공략을 해야 하는 곳이었다. 게다가 드랍되는 마석의 양이 증가한다는 건…….'

무열은 주먹을 꽉 쥐었다.

'이제 곧 나올 거점 상점에서 아이템과 스킬을 사기 위한 훌륭한 포석이 될 것이다.'

해야 할 일이 많다. 트라멜을 복원하고 마석과 생산자들의 스킬을 올릴 재료를 모아야 했다. 게다가 아직 의식을 찾지 못한 리앙제를 비롯한 두 사람의 치료까지.

그러나, 지금 이 순간만큼은 더 중요한 것이 있을 것이다.

무열은 손을 번쩍 들어 올렸다. 검을 쥔 그의 팔을 트라멜의 모든 시민이 바라보았다.

"우린 살아남았다."

그들의 시선을 느끼며 천천히 입을 열었다.

"그러니 오늘만큼은 모든 것을 잊고 이 승리를 즐겨라."

와아아아아아———!!

비록, 단 하루라 할지라도.

이들에게 주어지는 승리를 기리는 축제는 밤새 이어질 것이다. 그리고 그것이야말로 이 낯선 곳에서 그들이 살아남은 것에 대한 유일한 보상일 것이다.

"저게 뭐야?"

"신의 축복······?"

대륙 어디에서도 볼 수 있는 붉은 글자. 위업(偉業)을 알리는 신의 말.

그것을 본 사람들은 당연히 트라멜의 사람만이 아니었다.

"트라멜······?"

"저기가 어디지?"

세븐 쓰론이 생겨나고 절망의 연속이었던 이들에게 실낱같은 희망이 보였다.

가까스로 살아남은 사람들에게 생긴 목표.

"그래도 저곳에 가면······."

"살 수 있어."

대륙의 수많은 사람의 머릿속에 든 하나의 생각.

"트라멜······."

대륙에선 최초이자 마지막이 될 대이동. 그것이 시작되고 있었다. 그리고······ 움직이는 건 비단 이들뿐만이 아니었다.

"트라멜. 버려진 요새라고 생각했는데 그곳에 그자들이 정착을 한 모양이로군."

"그렇습니다, 폐하."

"신탁에 의한 1년의 시간도 이제 끝나갑니다. 지금까지는 그저 보고 있었으나 이대로 그냥 둔다면 분명 해가 될 것입니다."

"그러하옵니다. 불꽃 첨탑에서의 일 역시 저들의 소행임을 아실 것입니다."

거대한 성. 그 안에 붉은 비단이 깔린 홀 위의 옥좌에 앉아 있는 한 사람. 그는 창밖으로 보이는 상공에 적힌 글자를 바라보았다.

남부의 토착인인 5대 부족처럼 북부 역시 자신의 세력을 일구고 영토를 가진 토착인이 있었다.

무(武)를 숭배하는 남부의 사람들과 달리 마법을 따르고 그 근원으로부터 검을 파생시켜 문화를 발전시킨 부족이 아닌 왕국을 만든 자들.

그들을 가리켜 사람들은 '북부 7왕국'이라 불렀다.

그들 중 한 명.

7왕국 중 가장 거대한 영토를 가진 패왕(覇王).

야뢰왕(野雷王), 벤퀴스 번슈타인.

그는 옥좌 위에서 턱을 괴고서 대륙을 내려다보며 말했다. 날카로운 눈빛엔 적의가 가득했다.

"태초부터 이 땅은 우리의 것이었다."

트라멜에 밤이 찾아왔다.

시끌벅적한 사람들의 웃음소리가 아직도 이어졌다.

"몸은 좀 어때?"

"아, 이제 괜찮아요. 움직이는 데 이상 없습니다."

어젯밤 의식을 회복한 최혁수는 창밖을 바라보다 들리는 목소리에 고개를 돌렸다.

"몇몇 분이 보이지 않네요."

"맞아. 침대에만 누워 있는 줄 알았는데 용케 알아차렸군."

"뭐, 간호를 해주던 아이한테 들었죠. 그사이에 꽤나 많은 일이 있었던 것 같은데요."

무열은 그 순간에도 정보를 모으는 최혁수의 모습에 그저 웃을 뿐이었다.

"그래, 네가 잠들어 있던 3일 동안 많은 일이 있었지. 진아룬은 퀘스트를 완료하기 위해 떠났다. 아직 회복 중인 천룬미가 이곳에 있으니 돌아올 것이라고는 생각하지만…… 아마 제법 시간이 걸리겠지."

트라멜에서의 마지막 임무까지 모두 끝낸 진아룬은 이제 흩어진 자신의 갈까마귀들을 찾기 위해 떠나기로 마음먹었다. 자신의 연인을 두고 가는 것이 마음에 걸렸지만 이대로 부하들을 그냥 둘 수 없었다. 게다가 만일의 경우를 대비해서 정해놓은 약속된 장소가 마침 그의 퀘스트 지역이기도 했기 때문에 모든 일을 끝내고 돌아오리라 약속했다.

"베이 신은……."

"그 역시 자신의 거점이 있는 곳으로 돌아갔다."

"공방에서 돌아왔을 때의 모습을 봐서는 우리 쪽으로 돌아설 가능성도 보이는 것 같던데, 아닌가요?"

최혁수는 아쉬운 듯 무열에게 물었다. 베이 신이 합류하게 된다면 세력의 증대에 막대한 힘을 얻게 될 것이기 때문이었다.

"글쎄. 사람의 마음을 얻는 건 쉽지 않은 일이니까. 할 수 있는 건 다 했다. 어떻게 할지는 이제 그가 결정할 일이겠지."

아쉬운 것은 무열 역시 마찬가지였다. 그러나 그는 내색하지 않았다.

'베이 신, 그 역시 진아륜과 같은 이유로 트라멜을 나갔다. 그의 행보는 지켜볼 필요가 있겠지.'

필립 로엔과 함께 무열은 자신의 동료로 삼기 위해 미리 점찍어 둔 베이 신을 떠올리며 생각했다.

"그나저나 많이 부서졌군요, 이곳도."

"그렇게 보이나? 하지만 축복 덕분에 사람들의 숙련도가 상승해서 이 정도까지 복원할 수 있었던 거다. 그렇지 않았다면 지금 상태의 절반도 못했을지 몰라."

무열의 말에 최혁수는 놀란 듯 말했다.

"허…… 그래요?"

하지만 그가 놀라는 시점은 달랐다.

"와…… 숙련도 상승 효과가 그 정도였나요? 축복에 의한 버프가 생각했던 것보다 훨씬 더 좋네요. 크…… 이거 진짜 아쉬운걸요. 이런 좋은 기회를 삼 일이나 놓치다니."

최혁수의 말에 무열은 피식 웃고 말았다.

"살아난 것만으로도 감사히 생각해야지. 흑암 속에서 네가 가장 오래 있었다는 걸 잊었어?"

환도 먹지 않은 채로 무열과 거의 비슷한 시간 동안 흑암 안에서 전투를 벌였던 그였다. 그런 와중에도 아직도 의식을 찾지 못한 윤선미와 달리 그는 사흘 만에 깨어났다.

"운이 좋은 건지 아니면 대단한 건지……."

대단한 신체적 스테이터스를 가지고 있는 것도 아니었는데 윤선미보다 훨씬 더 깊은 대미지를 입은 그가 오히려 먼저 깨어난 걸 보며 무열은 혀를 찼다.

"아마도 이것 때문에 그런 것 같아요."

"음?"

최혁수는 자신의 손목의 팔찌를 보여줬다.

"저도 깨어나서 알았어요. 아마도 보상 상자에 있던 아이템인 거 같아요."

그의 말에 무열이 손목을 바라봤다.

[엘리멘탈 서클(Elemental Circle)]

자연계의 힘은 담은 이 팔찌는 원소의 친화력이 뛰어난 엘프들의 차원, 엘븐하임에서 만들어졌다고 알려져 있다.

5대 원소의 힘을 다루는 숙련도를 높여주고 추가적으로 착용자 신체의 정기와 활력을 불어넣어 주는 효과를 가져 모든 디버프(Debuff) 효과에 저항력을 높여준다.

－환술사 전용 아이템

등급 : A급 (유니크)

분류 : ACC

내구 : 100

효과 :

　진법 효과 +10%

　진법 숙련도 +10%

"직접적인 진법의 효과는 사용해 봐야 알겠지만 확실히 회복력엔 차이가 나는 것 같아요."

최혁수는 만족스러운 듯한 표정으로 말했다.

흑암을 깨뜨리고 나온 보상 상자에서 얻은 아이템이 그의 능력을 상승케 하는 것 이외에도 회복에까지 도움을 주었으니 말이다.

"다행이구나."

"네, 게다가 랭크 업까지 했으니 일석이조죠."

목숨을 건 도박에 대한 대가였다. 오히려 그 정도가 아니면 모자라다고 생각될 것이다.

"다만 빨리 선미 양이 회복을 해야 리앙제와 륜미 씨도 깨어날 텐데 말이에요. 선미 양도 회복 계열은 아니지만 두 사람의 증상을 가장 잘 돌볼 수 있는 사람이니까요."

"그렇지. 하지만 두 사람 모두 생명에 지장은 없을 거다. 리앙제도 비약의 해독제는 이미 복용한 상태니 잘 간호하면 곧 깨어나겠지."

최혁수는 고개를 끄덕였다.

"네, 이제야 정말 한시름 놓았어요."

정말로 폭풍같이 몰아쳤던 일이라는 표현 말고는 할 말이 없었다.

쉴 틈 없이 계속된 전투.

비록 자신이 의식을 잃고 있었던 시간이지만 요새 안의 사람들의 얼굴만 보아도 트라멜의 상황을 충분히 알 수 있었다.

"글쎄. 그 반대일 수도 있지."

"그게 무슨……?"

최혁수는 무열의 말에 고개를 돌렸다.

"트라멜이 다시 타깃이 될 거란 말이에요? 에이, 설마. 내로라하는 강자 중에 지금 당장 트라멜을 공격할 사람은 없을 걸요? 트라멜을 두고 전투를 벌인 지 얼마나 되었다고."

그는 무열을 바라보며 피식 웃었다.

손꼽히는 강자였던 필립 로엔과 베이 신은 더 이상 무열의
적수가 될 수 없을 것이다. 굳이 꼽자면 휀 레이놀즈와 안톤
일리야 정도. 하지만 이 둘 역시 새로운 자신의 거점을 안정
화시키는 데 주력할 테니까.

"아니, 이제 정말 할 일이 많다. 트라멜을 보강하는 것도
필요하지만 신의 축복이 유지되는 동안 우리들은 더 강해져
야 해."

"왜 그렇게 서두르려 하세요?"

최혁수는 불안한 표정으로 무열을 바라봤다.

"정말…… 꼭 트라멜을 노릴 사람이 있는 것처럼 들리네요."

"트라멜이 아닌 우리라고 해야겠지."

"……우리?"

무열은 창밖을 바라봤다.

더 이상 이곳을 전장으로 만들진 않을 것이다.

"북부의 진짜 강자들."

자신들에게 반감을 가진 또 다른 세력. 아니, 자신이 아닌
징집된 모든 인류.

"7왕국이 움직일 거다."

그 순간, 최혁수의 눈썹이 씰룩거렸다.

들어본 적이 있다. 북부 지역에 살고 있는 토착인들. 주신 락슈무가 자신들을 이곳으로 징집시킨 이래로 그들은 단 한 번도 개입을 한 적이 없었다. 어쩌면 무심코 잊고 있었던 것일지 모른다.

"북부 전역에 영토를 가진 그들의 눈엔 지금까지 우리의 모습은 아무런 위협도 되지 않았겠지만 이젠 다르다. 트라멜이란 요새를 외지인인 우리가 점령하고 게다가 신의 축복까지 받았으니까."

"공공의…… 적이 되었다는 말?"

"그렇다."

무열은 고개를 끄덕였다.

'지금쯤이면 남부에서 5대 부족의 사람들이 이곳으로 도착할 때가 되었을 터.'

그는 이제 남부의 병력을 불러올 때가 왔다고 생각했다.

이날을 위한 안배(按配).

놀랍게도 그는 트라멜을 얻는 그 시점에서 이미 7왕국의 움직임을 예상하고 있었다.

최혁수는 무열의 말에 등골이 오싹해지는 기분이었다.

"후아, 정말…… 쉴 틈이 없네요."

하지만 그 기분은 다시 고양감으로 바뀌어 무열을 바라보며 피식 웃었다.

"7왕국과의 전쟁이라……. 이거 재밌겠는걸요."

무열이 손을 내밀었다.

"계속해서 날 도와주겠나?"

그러자 그는 어깨를 가볍게 들썩이고는 호기심 가득한 어린아이 같은 눈으로 그의 손을 잡으며 말했다.

"그럼요. 그게 내가 이곳에 있는 이유니까."

이른 아침.

병영에서는 병사들의 거친 기합 소리와 함께 훈련이 한창이었다.

"주군."

트라멜의 병사들은 고작 며칠 사이에 많이 달라져 있었다. 악마군과의 전쟁에서 희생된 병사들로 인하여 트라멜의 병력이 감소했지만, 오히려 구성은 초기보다 더 다양해졌다.

신의 축복의 효과는 생각보다 컸다. 대륙 곳곳에 있던 사람들이 일제히 트라멜을 향해 움직였기 때문이다.

라캉 베자스는 축복이 시작되고 일주일째 집무실에서 나오지 못한 채 밤낮없이 일을 하고 있었다.

"하아……. 이거 이제는 저 혼자서는 감당이 안 될 정도네요. 후임을 두든지 해야지 원……."

그는 입에 이 말을 달고 살았다. 하루에도 수십, 혹은 수백에 가까이 밀려오는 사람의 명단을 작성하고 그들의 주거지를 결정하는 것만으로도 그는 시간이 부족할 지경이었으니까.

그 때문인지 라캉 베자스는 없는 시간을 쪼개 직접 트라멜에 입성하는 사람들의 면접을 보기도 하면서 정말 후임을 찾고자 하는 열의를 보이기도 했다.

"아, 그래. 준비는 끝났나?"

"네."

신입 병사들의 훈련을 직접 지도하던 무열은 병영장에 들어온 오르도 창을 보며 고개를 끄덕였다.

"계속하도록."

"넵!!"

병사들은 무열의 말에 일제히 대답했다.

아직 전직을 하지 못한 E랭커들은 트라멜 인근의 던전에 들어가 봐야 죽음을 면치 못할 터.

최우선적으로 기초 체력을 끌어올리는 것이 중요했기에 무열은 3거점의 병사들에게 가르쳤던 자신의 훈련법을 좀 더 보완해서 그들을 훈련시키고 있었다.

"그럼, 저희도 다녀오겠습니다."

"내가 도와주지 않아도 괜찮겠지?"

"에이…… 그럼요. 걱정 마세요. 지금 이 멤버로도 차고 넘치니까."

오르도 창의 옆에 있는 남자. 최혁수는 살짝 들뜬 표정으로 대답했다.

"이제 퀘스트를 완료할 수 있겠군."

"뭐…… 아직은 가 봐야 하지만 조금 기대되는 건 사실이네요."

"훗……. 그래, 이들이라면 푸른 바위 갱도 정도는 무리 없이 클리어할 수 있겠지."

무열의 앞에 선 사람들. 오르도 창을 비롯하여 최혁수, 칸 라흐만은 자신 있는 표정으로 고개를 끄덕였다.

그들 모두 이번 재해를 겪고 난 뒤에 모두 한 단계 랭크 업을 끝냈다.

최혁수는 C랭크, 칸 라흐만은 C랭크(MAX)가 되었다. 오르도 창은 무열과의 대결을 통해 거의 B랭커에 가까운 수준임을 확인했다.

공략 인원수는 적지만 이미 그들 하나하나가 보통이 아니라는 건 무열이 누구보다 잘 알았다. 그들이라면 D등급 던전 정도는 우습게 클리어할 수 있을 것이다.

"이번에 함께 가신다구요."

"아…… 하하, 감사하게도 그렇게 되었습니다. 저 같은 게

합류를 해도 될지 모르겠지만요."

세 사람과 달리 무열의 한마디에 감개무량하다는 표정으로 머리를 긁적이며 대답하는 남자. 턱수염은 여전히 덥수룩했지만 훈련 덕분인지 예전 같은 술배는 사라지고 탄탄한 근육이 자리 잡혀 있었다. 눈매 역시 서글서글한 모습은 그대로였지만 확실히 자신감이 서려 있었다.

무열이 죽기 전 15년 동안 그와 함께 검병부대에서 끈질기게 살아남았던, 베테랑이자 병사들에게 삼촌 같은 모습으로 인기가 있던 김씨 아저씨.

바로, 김진만이었다.

"3거점에서 온 병사 중에 가장 노련한 분입니다. 전투에도 제법 일가견이 있으시구요. 아마 이번 던전 공략에 도움이 될 겁니다."

강찬석은 트라멜에서 병사들을 훈련시켜야 하는 자신 대신에 김진만을 추천했다.

"잘 부탁드립니다."

"어휴. 아닙니다, 대장. 저야말로……."

무열은 강찬석의 선택에 의심 없이 그를 공략대에 넣었다.

김진만은 특출한 능력은 없지만 그럼에도 불구하고 오랫동안 전장에서 살아남았던 남자다. 무열은 그것이 얼마나 어려운 일인가를 잘 알고 있었다. 그것만으로도 그의 능력은 충분히 입증된 것이었다.

"한동안 보지 못하겠군. 딸을 잘 부탁하네."

"알겠습니다. 걱정 마세요."

손을 뻗어 인사하는 칸 라흐만의 얼굴에 아쉬움이 가득했다.

그는 최혁수의 던전 공략을 끝으로 트라멜을 떠나기로 했다. 트라멜의 축복이 있는 이 시점에서 요새를 떠나는 건 아쉬운 일이지만 낚시꾼으로서 이미 숙련도가 최대치가 된 그는 2차 전직을 하지 않고서는 축복 역시 무의미했다.

또한, 전투보단 정보를 모으기 위한 당초의 목적이 있었기 때문에 칸 라흐만은 이런 결심을 하게 되었다.

"언젠가 다시 보게 될 걸세."

"기다리겠습니다."

힘든 여정일 것이다. 그러나 칸 라흐만은 지금까지와는 달리 이제는 편안한 마음으로 대륙을 돌아다닐 수 있을 것 같았다. 딸의 안전이 이곳에서 지켜지는 한.

'요새를 떠나게 되면 가장 먼저 푸른 사자들의 소문부터 모아야겠지. 그 광신도들도 분명 이곳의 소식을 들었을 테니까.'

푸른 사자의 수장, 라엘 스탈렌. 그녀의 집요함은 누구보다도 칸 라흐만이 잘 알고 있으니까.

'분명 가만히 있지 않을 터…….'

그는 자신이 트라멜을 위해 할 수 있는 일이 무엇인지 이미 머릿속에 그려놓은 듯했다.

"그럼."

"넵, 다녀오겠습니다."

최혁수 일행이 병영을 떠나고 난 뒤.

병사들의 오후 훈련을 강찬석에게 맡긴 무열은 지금까지 해왔던 마지막 일과를 하기 위해 걸음을 옮겼다.

"후우……."

트라멜 뒤편에 있는 공터.

사실 스테이터스를 올리기 위해서는 몬스터를 사냥하는 것이 가장 좋은 방법이지만 현재의 그에겐 스테이터스보다 더 중요한 것들이 있었다.

'현재 트라멜에 적용되는 축복 중 하나인 습득률 10% 증가 효과를 이용해 가장 빠르게 올려야 할 건 역시 마력이겠지. 체력과 근력은 나중에도 전투로 올릴 수 있지만 호흡법을 통해서 올려야 하니 트라멜에 있는 동안 주력해야 할 특성이다.'

무열은 나직한 목소리로 읊조렸다.

"상태창."

이름 : 강무열

랭크 : C

직업 : 패스파인더 & 화염의 군주

근력 : 680(+80) 민첩 : 459(-30)

체력 : 550(+200) 마력 : 380

암흑력 : 407

〈히든 스테이터스〉

카르마(Karma) : 50 / 100

권위(Authority) : 65 / 100

〈내성력〉

물리 내성 : 70 마력 내성 : 60

독성 내성 : 15 화염 내성 : 50

빙결 내성 : 30 전격 내성 : 30

대지 내성 : 30 바람 내성 : 30

〈속성력〉

화염 속성 : 60

번개 속성 : 20(무기 한정)

〈버프〉

[최초의 검술 창조자]

[불꽃 첨탑의 강자]

[경기장의 승리자]

〈타이틀〉

퍼스트 킬러(First Killer) - 활성화

검의 구도자(Seeker of the Sword) - 활성화

재해 추격자(災害 追擊者) - 활성화

〈전투 스킬〉

검술 마스터리 : 30%(C랭크)

-강검술 : 95% - 3식

-비연검 : 65% - 3식

굴절 : 10%(C랭크)

열화천 : 15%(C랭크)

완벽한 붕대법 : 75%(D랭크)

마나 운용법 : 40%(C랭크)

-벤누의 호흡법 적용

〈생산 스킬〉

지도 제작 : 85%(E랭크)

무열이 자신의 상태창을 바라보며 가장 눈여겨보고 있는 것은 다름 아닌 마력과 암흑력이었다. 검병부대원이었던 무열이기에 나머지 스테이터스들은 어떻게 올려야 효율적인지 잘 알고 있었지만, 캐스터 스킬인 이 두 개는 회귀 이후 처음 배운 것이었다.

'내가 지금 할 수 있는 건 마력을 검에 실어 대미지를 증가시키는 마력검(Mana Blade).'

마법사 클래스가 아닌 검사 계열의 그였기 때문에 마력을 통해 원소 계열의 마법을 저절로 습득할 수가 없었다. 순수한 마력 그 자체를 운용하는 것뿐.

'방법은 역시 거기뿐이겠지.'

상아탑.

그리고 이곳과 비견되는 또 다른 장소.

안티홈 대(大)도서관.

'두 곳 모두 마법사 계열의 2차 전직 장소이기는 하지만…… 거기서도 스킬을 구입할 수 있으니까.'

문제는 이 두 곳 모두를 다 갈 수 있는 것은 아니라는 점이다. 북부 지역에 있는 여명회의 상아탑과 안티홈 대도서관의 불멸회는 서로 공생하지 않는 라이벌 관계였기 때문이다.

여명회와 불멸회.

마법사들은 2차 전직을 하면서 이 두 학파 중 하나를 선택해야 한다. 두 곳은 사용하는 마법 체계도 달랐으며 성향도 반대였다.

여명회의 마법이 보호 계열이 주라면 불멸회는 공격 마법이 주요했다.

'하지만 두 곳 모두 직업 제한이 있다. 그렇기 때문에 단순히 마력이 있다고 해서 들어갈 수 있는 곳은 아닐 거야.'

마법사가 아닌 자가 탑에 들어갈 수 있는 방법. 그건 그곳을 공략해서 탑의 주인이 되는 것이다. 상아탑 최초의 공략자이자 8클래스 마법사인 데인 페틴슨이 그랬던 것처럼.

'뭐…… 그러기 위해선 이걸 완성하지 않으면 안 되겠지만.'

차앙.

무열은 뇌격과 뇌전을 뽑았다.

'400의 암흑력은 결코 적은 수치가 아니다. 4년 뒤, 이강호와 권좌를 다퉜던 SS랭커였던 염신위의 죽기 전 암흑력이 약 2,000이었다고 알려져 있으니까.'

매일 1 Point씩이지만 4년이면 1,460 Point.

거기에 기본적으로 그가 흑암으로부터 흡수한 400의 암흑력까지 합친다면 가만히 있어도 4년 뒤 염신위급의 암흑력을 가지게 된다는 것이었다.

'이걸 단순히 언데드를 소환하는 데 쓰는 것은 아쉬운 일이지.'

네크로맨서가 아닌 그가 소환 계열로 암흑력을 활용하기 위해서는 결국 웰 바하르가 남긴 나머지 유품을 모아 설명에 나와 있는 특수한 언데드를 소환하는 것뿐이다.

'지금 소환할 수 있는 병력이야 기껏해야 E급 언데드 병사. 마력과 달리 매일 쌓여가는 암흑력을 고작 E급 병사를 소환하는 데 쓸 순 없다. 나는 내 식대로 암흑력을 사용할 법을 찾아야 한다.'

우우우우웅.

검을 잡은 무열의 손이 떨렸다. 가슴 한편에서부터 흘러나오는 검은 암흑력이 혈관을 타고 점차 검에 물들기 시작했다.

'내가 가장 잘하고 가장 익숙한 방법.'

검(劍).

파즉…… 파즈즈즉……!!

암흑력이 검날을 감싸는 순간, 마력과는 달리 반발력이 생기면서 검날이 크게 흔들렸다.

빠득.

무열이 이를 악물며 검을 쥔 손에 더욱 힘을 주었다. 그러자 검신이 점차 변하며 오르도 창의 흑운처럼 서서히 검게 물들기 시작했다.

'조금 더…….'

검이 완벽하게 검게 변한 순간, 무열은 반대쪽 손으로 검을 잡았다.

암흑력으로 인해 검게 변한 오른팔과 달리 왼팔은 보통의 모습 그대로였다.

'지금.'

무열이 왼팔에 마력을 집중했다. 그와 동시에 균형을 맞추기 위해 정신을 집중하며 최대한 암흑력을 끌어올리는 순간.

콰직!!

파드득---!!

저릿한 통증과 함께 들고 있던 검이 튕겨 나갔다.

"크윽."

얼얼한 느낌에 무열이 자신의 팔을 부여잡았다. 암흑력을 사용한 오른팔에서 시커먼 연기가 피어올랐다.

불로 지진 듯한 상처.

무열은 익숙한 듯 손바닥에 붕대를 감았다.

"이거야 원……. 이러다 붕대 스킬도 랭크 업 하겠군."

씁쓸한 표정.

움직임도 없이 단 한 번 검을 쥐었을 뿐인데 무열의 얼굴은 벌써 땀범벅이었다.

"후우……."

그는 바닥에 떨어진 검을 다시 잡았다.

"하긴, 단번에 될 거라고는 생각 안 했으니까. 앞으로 50일 남은 건가……."

사냥조차 포기하고 그가 선택한 비밀 수련.

마력과 마찬가지로 암흑력 역시 검에 주입할 수 있다. 대미지를 올려주는 마력과 달리 암흑력은 검에 주입하면 날카로운 예기가 더해져 절삭력이 높아진다.

사실상 마력검은 마검사의 주요 스킬이고 암흑검은 흑기사의 주 기술이다.

직업 스킬이 아닌 마력 자체를 주입하는 무열은 어쩌면 마검사와 흑기사의 스킬보다 뒤떨어질 수 있다. 하지만 그렇기 때문에 두 가지의 힘을 모두 가지고 있는 무열만이 할 수 있는 것.

'마력과 암흑력을 합친다.'

무열은 다시 호흡을 내뱉으며 천천히 두 개의 힘을 끌어올렸다. 만약 이것이 성공한다면…… 지금까지 존재하지 않았던 전대미문의 스킬이 탄생하게 될 것이다.

"관리자님!! 드디어 성공했어요!!"

"음? 뭔데 그리 소란스러운 것이냐."

집무실의 문이 열리면서 들어온 작은 소년은 얼굴에 잔뜩 흙을 묻힌 채로 달려왔다.

요새 안에 질서를 생각했을 때 이런 행동은 무례하기 짝이 없는 것이었지만 아이의 모습에선 그다지 위화감이 느껴지지 않았다.

"제가 드디어 보눔 재배에 성공했어요!"

아이의 품 안에는 거무튀튀한 둥근 것이 잔뜩 있었다.

집무실 안쪽 책상에 앉아 있던 라캉 베자스는 그 모습에 가볍게 웃었다. 그 괴상하게 생긴 게 뭔지 잘 알고 있기 때문이다.

보눔.

세븐 쓰론에서 재배할 수 있는 작물 중의 하나로, 생김새는 괴상했지만 껍질 안에 있는 알맹이는 꼭 감자를 먹는 것 같았다.

키우기도 그다지 어렵지 않으면서도 한 번에 수십 알씩 자라기 때문에 트라멜에선 사냥을 제외하고 식량 중 가장 큰 비율을 차지하고 있는 주요한 작물이었다.

하지만 그것보다 더 중요한 건 보눔의 재배에 성공하느냐 못 하느냐는 생산 스킬 중 하나인 재배 스킬(Cultivation Skill)의 척도가 된다.

"드디어 초급 재배를 마스터했구나. 축하한다."

"헤에……. 다른 애들보다 이틀 늦었지만 그래도 저도 이제 스킬이 C랭크가 되었어요."

아이는 정말로 기쁜 듯 말했다.

비옥해진 트라멜의 땅.

신의 축복이 요새에 머물면서 많은 것이 바뀌었다.

가장 큰 변화는 인구수.

초창기 3거점의 병사들과 더불어 약 1,500명의 인구가 트라멜에 거주했었다. 하지만 이후, 흑암을 물리치고 신의 축복이 생성된 지 약 40일. 트라멜의 인구는 이미 2,500명을 넘어

섰다.

버려진 요새라지만 요새는 웬만한 성보다 규모가 컸다. 하지만 아직도 몰려오는 인구에 트라멜은 이제 포화상태가 되었다.

'흐음…… 이대로 계속해서 인원을 받는 건 무리다. 뭔가 방법을 강구해야 하는데…….'

라캉 베자스는 집무실의 책상에서 골치 아픈 듯 머리를 굴렸다.

그는 자신이 만든 대륙의 지도를 펼쳤다. 아직 완성된 것도 아니고 듬성듬성 빈 곳도 있었지만 현재로서는 유일한 대륙의 정보였다.

게다가 처음에 비하면 비교도 하지 못할 정도로 많은 칸이 채워졌다. 대륙 곳곳에서 찾아온 사람들 때문에 골머리를 썩이고는 있지만 그들 가지고 있던 정보 덕분에 이 정도로 지도를 완성할 수도 있었다.

그는 몇 개의 표시된 지역을 바라봤다.

'무열 님은 이 상황을 어떻게 해결하려 할까.'

라캉 베자스는 생각했다. 몇 날 며칠을 고민했지만 그의 머릿속에 떠오른 방법은 하나뿐이다. 그리고 자신의 생각과 그의 생각이 과연 똑같을지도 궁금했다.

그는 지도 위에 붉은색으로 X자 표시가 된 몇 곳을 유심히 바라봤다.

"이게 어쩌면 마지막 시험이 될 수도 있겠지."

지금까지 강무열이란 남자는 트라멜에서 해낼 수 없을 것 같은 불가능한 것을 모두 해냈다. 하지만 라캉 베자스의 기준에서 단 한 가지가 부족했다. 만약 그가 이 문제를 해결한다면 그 한 가지를 충족시킬 수 있을 것이라 생각했다.

'영웅은 혼자서 할 수 있다. 하지만 군주는 혼자서 가능한 것이 아니지.'

세븐 쓰론(Seven Throne).

인류가 주신 락슈무에 의해 새로운 대륙에 징집된 지 이제 곧 1년이다.

언제나 올곧고 정의롭다면 영웅은 될 수 있다. 하지만 라캉 베자스는 신이 내린 권좌(權座)란 영웅의 것이 아니라 생각했다.

'자신의 것을 지키고 남의 것을 빼앗는다. 오직 단 하나의 자리를 차지하기 위해서.'

그런 자에게 필요한 것은 단순히 영웅의 자비로움만은 아니었다.

냉정함.

때로는 잔혹함마저 필요한 것.

"과연…… 강무열이 남의 것을 빼앗을 수 있을 만큼 차가워

질 수 있을지……."

라캉 베자스는 날카로운 눈빛으로 지도를 바라보며 낮은 목소리로 중얼거렸다.

그가 지도 위에 붉은색의 X자로 표시한 것. 다름 아닌, 현존하는 타 세력의 거점들이었다.

쾅-!!

그때였다. 집무실의 문이 열렸다. 다급하게 달려온 병사가 가쁜 숨을 몰아쉬며 소리쳤다.

"라…… 라캉 베자스 님! 지금 성문에 군대가……!!"

[좋아. 조금 더. 아니, 왼쪽이 치우쳤다.]

"크읍……!!"

[이번엔 오른쪽을 너무 많이 뺐잖아. 전에도 말했지? 힘을 빼서 균형을 맞추지 말라고. 차라리 무리를 해서라도 힘을 밀어 넣어라.]

"알고 있어……."

낡은 공터에서는 옅은 신음이 들려왔다.

주위의 잔디가 있던 자리는 수분을 빼앗긴 듯 누렇게 시들어 있었고 반대쪽은 불로 지진 듯 새카맣게 타서 흙먼지가 날리고 있었다.

[조금 더!!]

쫘즈즈즈즉……!!!

무열의 양손에 들린 검이 날카로운 스파크를 내며 손아귀에서 튕겨 나왔다.

"후아……!"

아래로 떨어지는 두 자루의 검.

한쪽은 시커먼 바닥으로, 그리고 다른 하나는 누렇게 시든 잔디밭으로 떨어졌다.

스으읍…….

암흑력이 깃들어 있던 검이 떨어진 곳의 주위가 더욱더 누렇게 변했다. 반대로 마력검의 뇌전은 다시 한번 뜨거운 열기와 함께 남아 있던 잔디를 태워 버렸다.

"젠장……!"

아려오는 팔을 부여잡으며 무열은 자신도 모르게 욕지거리를 내뱉었다.

[마지막에 왼쪽에 깃든 마력이 부족해서 그렇다. 힘을 밀어넣는 것도 중요하지만 네 마력과 암흑력에 내재된 절대량이 다르다는 걸 잊어선 안 돼.]

"알아, 명심하고 있어."

[하긴 40일 동안 이것만 했으니 말이야. 소라도 알아들었을

게다.]

"……"

무열은 쿤겐의 말에 인상을 찡그렸다.

'역시 재능의 문제가…….'

떨어진 검을 쥐면서 불현듯 드는 생각.

'40일.'

쿤겐의 말대로 벌써 40일이 흘렀다. 그의 계획대로라면 무
슨 일이 있어도 40일 안에 이것을 완성해야 했다.

'남은 20일 동안 해야 할 일이 있다. 하지만…….'

하지만 이렇다 할 진전이 없이 체력만 고갈되어 가는 느낌
에 무열은 입술을 깨물었다.

평범했던, 검병부대 소속의 병사. 그게 자신이니까.

최혁수라든지 윤선미와 같은 사람이었다면 쉽게 성공하지
않았을까 하는 의문에 그는 씁쓸한 표정을 지었다.

[녀석, 한마디 했다고 또 풀이 죽은 거냐. 너는 어떨 때는
허무맹랑할 정도로 대범하다가도 어떨 때 보면 한없이 약하
구나.]

이런 속마음을 알 리 없는 쿤겐은 무열의 모습을 보며 재미
있다는 듯 말했다.

[조급해하지 마라. 넌 대단하다. 어떻게 이런 생각을 할 수
있는지 말이야.]

"뭐?"

[완전히 성질이 다른 마력과 암흑력을 한곳에 융합하는 것은 사실상 불가능에 가깝지. 그렇기 때문에 그 융화제로 정령력을 사용할 생각을 하다니 말이다.]

"그거야 뭐……."

쿤겐의 말에 무열은 어색하게 웃었다.

발상의 전환.

그는 그렇게 말하지만 어쩌면 자신의 능력이 부족하기 때문에 쿤겐의 힘을 빌리려고 한 것일지도 모른다.

"별거 아니다. 그래 봐야 제대로 균형을 잡는 것도 하지 못하고 있는데."

[글쎄. 그렇기 때문에 대단하다는 거다.]

"무슨……."

[넌 아직 네 자신의 위대함을 모르는 것 같군.]

"말도 안 되는 칭찬이라면 사양하겠어."

[칭찬? 정령왕인 내가 고작 인간인 너에게 아부라도 떨려고 이러는 줄 아느냐.]

무열은 쿤겐의 말에 아무런 대답을 하지 못했다. 그러자 그는 말을 이었다.

[넌 지금 몸속에 마력과 암흑력을 동시에 가지고 있다. 게다가 제대로 아직 활용하지는 못하지만 나와 내 정령력도 흡

수되어 있는 상태지.]

쿤겐은 말을 이었다.

[그리고 네 본연의 화염력까지. 너는 단순히 두 개라고 생각하지만 아니다. 네 몸엔 4개의 힘이 담겨 있다. 넌 별거 아니라 생각하지만 그런 상황에서 두 개의 힘을 융합하려다 실패했을 때의 반발력을 생각해 봤느냐?]

"……."

[평범한 인간이었다면 애초에 이 4가지의 전혀 다른 속성의 힘을 몸 안에 지니고 있는 것 자체도 불가능할 것이다. 그런데 넌?]

무열은 그의 말을 가만히 들었다.

[너는 당연하게 생각했겠지만 화염력과 내 정령력이 깃든 검에 넌 아무렇지 않게 마력을 덧씌웠지. 자칫 잘못했으면 마력에 의해 화진검이 사라질 수도 있었고, 혹은 화진검의 힘에 마력이 제 기능을 발휘하지 못했을 수도 있다.]

파즈즈즉……!!

그가 쥔 검에 스파크가 일었다.

[그리고 나의 전격 역시 당연하리만치 쉽게 마력과 융합했다. 너는 이미 그 균형을 알고 있다. 누가 가르쳐 주지도 않았는데 말이지.]

"하지만……."

[암흑력이라고 다르지 않다. 40일이 지났으면 소도 알겠다고 했단 말이 무슨 뜻인지 말해주지. 이미 몸이 기억하고 있는 일을 머리로 하려고 하니까 안 된다는 거다. 40일이나 지났으면 이제 알 때도 되었겠지. 넌 스스로 이미 할 수 있는 일을 다르게 생각하고 있으니까.]

"하지만 아직 실패하는걸. 여전히 감이 오질 않으니……."

무열은 지친 듯 고개를 저었다.

"마력과 암흑력의 융합은 화진검과 너의 뇌전과는 다르다. 완전히 반대의 속성이니까. 애초에 두 개를 합치려는 생각 자체가 잘못된 것일지도 모르지."

[그 방법으로 생각한 게 정령력이지 않느냐. 단지 아직 네가 제대로 된 정령력을 습득하지 못했기 때문이다.]

쿤겐의 정령력. 그걸 제대로 습득하기 위해서 필요한 것은 정령술. 그러나 정령술은 배우기 위한 재료를 모으는 데 너무 많은 시간이 걸린다.

'차라리 이 시간에 사냥을 해서 스테이터스를 올리는 게 더 나았을까.'

어렴풋한 불안감. 무열은 그걸 떨쳐 내기 위해 고개를 저었다.

'아니다. 지금이 아니면 안 돼.'

[마음이 또 흐트러지나 보군. 인간이라면 어쩔 수 없지

만…… 차라리 자꾸 생각나면 흘려보내라. 고인 물이 썩듯이 고민이 머릿속에 계속해서 고여 있으면 할 수 있는 것도 못 하니까.]

쿤겐은 무열의 마음을 다잡아주기 위해 말했다. 정령왕인 자신이 인간에게 이런 다정한 말을 할 수 있는지 스스로 우스웠다.

처음에는 단순히 그의 행보를 지켜보기만을 하겠다고 했던 그였으나 마력과 암흑력을 융합하는 과정에서 자신의 정령력을 사용하겠다는 무열의 발상에 그 역시 흥미를 느끼게 되었다.

"방금 뭐라고 했지?"

[음……? 무엇을 말이냐.]

"조금 전 했던 말."

무열이 황급히 고개를 들며 말했다.

[녀석…… 위로가 그렇게나 듣고 싶은 거냐.]

"흘려보내라고?"

쿤겐은 갑작스러운 그의 모습에 피식 웃는 목소리였지만 오히려 무열은 진지했다.

"그래, 왜 내가 그 생각을 못 했지? 어째서 움직이지 않게 가두려고만 했느냔 말이야."

[무슨 말인지…….]

무열의 한마디에 쿤겐은 말을 더 이상 잇지 못하고 입을 다물었다.

그는 직감했다.

[⋯⋯뭔가 떠오른 게 있는 거군.]

이제 자신의 응원도 위로도 필요하지 않은 순간이라는 것을 단번에 알았으니까.

"그래, 지금 내 능력으로 두 개의 힘을 모두 옭아맬 수 없는데 말이지."

그의 눈동자가 떨렸다.

"쿤겐, 네 말대로다. 발상을 바꾸는 거. 마력과 암흑력의 양을 맞춰야 하지. 하지만 그걸 굳이 내가 할 필요는 없어. 차라리 잡아두지 못한다면 차라리 흐르게 내버려 두는 거지."

머릿속으로 그려지는 하나의 이미지.

무열은 황급히 두 자루의 검을 맞물렸다.

"그것도⋯⋯ 더 빠르게."

그 순간, 무열의 양쪽 검에서 솟구치는 두 개의 힘.

그러나 지금까지는 각각 따로 마력과 암흑력이 검에 묻어나 있었다면 이번엔 겹쳐진 두 자루의 검을 따라 빠르게 회전하기 시작했다.

'이대로 그냥 두면 또다시 폭발한다. 하지만 검의 교차점에 쿤겐의 정령력을 응집시켜 반발력을 최소화한다면⋯⋯.'

마치 커다란 그릇 안에서 두 개의 액체가 빠르게 소용돌이 치며 뒤엉키듯 뇌격에서 시작된 암흑력이 검 끝을 타고 뇌전 으로 흘러들었다.

반대로 뇌전의 마력이 뇌격으로 섞여 들어가기 시작했다.

우우우우웅……!!

겹쳐진 검 안에 스며든 두 개의 힘은 더욱더 맹렬한 속도로 회전하고 뇌격과 뇌전 안의 마력과 암흑력의 소용돌이가 강 해질수록 무열의 팔이 떨리기 시작했다.

검 안에서 회전하는 힘의 속도를 이기지 못한 채 검날에서 마력과 암흑력이 새어 나가는 것이 보였다.

[위험해. 이대로는 균형이……!!]

쿤겐이 소리쳤다. 그러나 이미 무열 역시 알고 있었다.

'마지막으로 회전하는 힘이 새어 나가지 않도록 화진검으로 붙잡는다.'

촤아아아앙……!!!

그때였다. 강렬한 힘과 함께 뇌격과 뇌전의 교차시킨 검날 을 있는 힘껏 아래로 베자 허공을 가르는 X자의 검격이 공기 를 갈랐다.

콰가가가가가가……!!

콰가가가……!!!!

엄청난 검풍(劍風).

순간, 검을 그은 무열조차도 그 힘을 이기지 못한 듯 뒤로 주춤하고 물러섰다.

콰아아아아아아앙———!!!

두 자루에서 솟구친 검기는 낡은 성벽을 산산조각을 내버린 것도 모자라, 힘이 사라지지 않고 계속해서 굉음을 떨쳐냈다.

검기가 지난 자리는 마치 불에 탄 듯 시커멓게 변했고 바닥을 뒤집어 놓은 듯 선명하게 난 검기 자국만이 그 힘의 위력을 보여줄 뿐이었다.

[정말…… 매번 놀라게 만드는군.]

쿤겐은 말도 안 되는 광경에 혀를 내둘렀다.

"서…… 성공이다."

스스로 해낸 것이지만 놀라긴 무열도 마찬가지였다. 마력과 암흑력의 융합이 이 정도의 위력을 낼 것이라고는 상상하지 못한 일이었으니까.

"다행이야……. 이제 할 수 있다."

무열은 성공의 기쁨보다 안도의 한숨을 내쉬며 바닥에 주저앉았다.

[뭘 할 수 있다는 거냐. 그러고 보니 왜 그렇게 서두르려 했지? 전쟁이라도 벌일 준비를 했던 게냐.]

"전쟁? 아아…… 그 얘긴가."

쿤겐의 물음에 무열은 피식 웃었다.

"트라멜은 사람들을 계속해서 받을 거다. 자리가 모자라겠지만 그건 만들면 된다."

[어떻게?]

그때였다.

"대장님……!! 지금…… 성문 앞에 1,000명이 넘는 병사가 나타났습니다!!"

습격?

하지만 이상했다. 황급히 달려온 병사의 외침에도 불구하고 무열은 마치 병력이 나타날 것을 미리 알기라도 한 듯 긴장하지 않았다. 오히려 기다렸다는 표정.

그는 고개를 끄덕이며 쿤겐에게 말했다.

"내 방식대로."

39장
7왕국

"뭐야? 갑자기……."

"저 녀석들 트라멜을 노리고……?"

"에이, 저 앞에 서 있는 창을 들고 있는 남자는 필립 로엔이 잖아. 설마 저자가? 대장님께 목숨을 빚졌는데?"

성벽 위가 어수선했다.

"그러니까 더 문제지. 이곳에서 배신이 뭐 한두 번이야? 오 히려 지금을 노려서 복수를 하러 온 거면?"

"별의별 놈이 다 있다구."

"하긴……."

"오기만 해봐라. 가만있지 않을 테니까."

눈앞에 보이는 대규모의 병력. 얼추 보아도 1,000명은 가뿐 히 넘는 수였다.

만약 저 정도의 군대가 트라멜로 쳐들어온다면?

악마군과 전투를 끝낸 지 이제 겨우 한 달이 조금 넘은 현재, 당장 기용 가능한 트라멜의 병력은 고작해야 평소의 절반 정도밖에 되지 않았다. 이제 막 트라멜에 입성해서 갓 훈련을 시작한 훈련병이 태반이었으니까.

보초를 서던 병사들은 긴장감을 늦추지 않았다.

쿠우우우웅———!!!

그때였다. 트라멜의 거대한 성문이 천천히 열리기 시작했다.

"자, 잠깐……!!"

보초들은 깜짝 놀란 듯 황급히 아래를 내려다보았다. 그러자 그곳엔 아무렇지 않게, 아니, 오히려 긴장을 하던 병사들의 고민을 비웃듯 단신으로 문 앞에 있는 군대를 향해 반가운 얼굴로 걸어가는 강무열이 있었다.

"설마……."

그 순간, 병사들의 머릿속에 드는 한 가지 생각.

"오랜만이군."

"그렇군. 벌써 두 달 정도 되었군. 하지만 무열, 네 얘기와 트라멜에 대한 소문은 떠나 있어도 충분히 들었다."

트라멜의 성문 앞에 서 있는 약 1,200명의 대규모 부대의 선두에는 방패병이, 그 뒤로 날카로운 창을 든 창병이 있었다.

그리고 그들의 선두에 선 남자. 필립 로엔.

"그사이에 병력이 더 늘었군."

무열은 필립 로엔의 뒤에 날카로운 기세를 뿜어내며 서 있는 병사들을 바라봤다.

"돌아오는 길에 몇 개의 거점을 흡수했다. 소규모 거점들이었지만 모아놓으니 제법 많군. 아직 훈련이 필요해도 말이지. 흡수한 거점들의 위치는 일단 지도에 표시해 뒀다."

필립 로엔이 고개를 끄덕이자 그의 옆에 서 있던 가신(家臣)인 테일러가 품 안에서 지도 한 장을 꺼냈다.

"이걸 왜?"

뜻을 알지 못하겠다는 얼굴로 무열이 필립을 바라보았다.

"네 잘난 책사에게 전해줘라."

"책사? ……최혁수?"

"그래, 우리가 떠나기 전에 어찌나 신신당부를 하던지. 네가 알려준 장소를 가는 것보다 그 녀석이 지시했던 일들을 하는 데 더 시간이 걸렸다."

필립 로엔은 피식 웃으며 말했다.

'최혁수가 뭔가를 지시했다고?'

무열은 그의 생각지도 못한 말에 조금 놀랐다.

"애초에 돌아오는 길에 흡수한 병력들도 그 녀석이 지시를 한 일이거든."

"……그래?"

"북부 지역의 확대라나? 하여간 재미있는 녀석이다. 뭐…… 아직 북부에 뭐가 있는지 제대로 알지도 못하는데 말이지. 네가 말해준 위치를 보자마자 지도에서 길을 따라가다 보이는 거점들을 흡수하라고 하더군. 그게 아니었다면 나도 이렇게 오지 않았겠지만 말이야."

"그렇군."

그의 말에 무열이 고개를 끄덕였다.

'북부의 확대. 역시……. 최혁수도 어쩌면 나와 같은 생각을 하고 있는 것일 수도 있겠군.'

충분히 그럴 수 있다. 최혁수라면.

최혁수 이외에 그걸 생각하는 사람을 꼽자면 아마도 라캉베자스 정도일 것이다.

'생각은 똑같다 하더라도 그 방법은 모두 다를 터. 과연 그의 계획은 뭔지 확인해 볼 필요가 있겠군.'

"그래, 그건 얻었나?"

"덕분에. 아직 랭크 업을 하지 못해서 습득할 순 없었지만."

"듣던 중 다행이로군."

무열의 말에 필립 로엔은 멋쩍은 듯 말했다.

"공짜로 받은 기분이라 조금 그렇지만……. 뭐, 그 대신 최 혁수에게 부탁받은 걸 모두 다 했으니까. 그리고…….”

그의 표정이 바뀌었다.

"이제 너와의 약속을 지킬 때겠지.”

만족스러운 대답.

무열은 그를 향해 손을 내밀었다.

"환영한다.”

필립 로엔 역시 그의 손을 맞잡았다. 두 사람의 시선이 교차된다.

그게 무엇을 의미하는지 이미 알고 있었다. 뒤따라 나온 강찬석을 비롯한 무열의 사람들과 필립 로엔의 옆에 서 있던 테일러까지.

아침에 찾아온 한 남자와 함께 온 선물.

세븐 쓰론 최초의 동맹(同盟).

대륙의 판도를 바꿀, 유례없는 이 일은 의외로 조용하게 이뤄지고 있었다.

지도에 선을 그렸다. 라캉 베자스는 아무런 말도 하지 않았지만 회의실 탁자에 놓인 지도를 보는 눈빛이 떨렸다.

"이게 내가 흡수한 거점들이다."

트라멜을 시작으로 이어지는 붉은 선들은 놀랍게도 자신이 표시해 놓은 붉은 X자의 지역들이 포함되어 있었기 때문이다.

"짧은 사이에 이걸 다 해내다니. 당신, 제법 대단한 사람이었네요."

지도 위에 표시된 거점들을 보며 최혁수가 만족스럽다는 듯 말했다.

그의 칭찬에 필립은 피식 웃었다.

"뭐? 크크. 어린 녀석이 여전히 건방지구나."

"이거라면……."

"그렇다. 이대로 선을 긋는다면 북부 지역의 1/3을 우리가 가질 수 있다."

필립 로엔은 붉은 선의 가운데를 짚으며 말했다.

"최혁수가 부탁한 또 하나. 이곳에 내 거점을 준비 중이다. 그리고 이곳과 이곳."

그는 트라멜과 자신의 거점의 거리만큼 벌어진 또 다른 곳을 짚으며 말했다.

"만약 이 두 곳을 맡길 수 있는 사람이 있다면 더욱 완벽하겠지."

"그런데 어째서 북부 대륙을 나누는 기준을 이렇게 잡았습니까? 제 생각엔 이 위쪽은 포기하는 게 나을 것 같은데."

라캉 베자스는 자신의 지도를 꺼내며 X자로 표시된 거점들을 기준으로 말했다. 필립 로엔이 남아 있던 소규모 거점들을 통합하면서 자유지대가 된 지형들 중엔 그가 생각하지 못한 지역들도 있었다.

"저라면 좀 더 안정적으로 지역을 축소할 겁니다. 지금 범위는 아무리 필립 로엔 씨와의 동맹이라 할지라도 너무 넓습니다."

"아뇨, 가능해요."

그의 말에 최혁수가 반박했다.

무열은 두 사람의 대화를 조용히 바라봤다.

'두 사람도 이제 시작인가. 라캉 베자스는 현실적이고 이성적인 남자다. 그의 머릿속에서 나오는 계획은 확실하게 실현 가능한 것들. 그에 비해 최혁수는 무모해 보이지만 훨씬 더 얻을 수 있는 것이 많은 공격적인 책략을 생각해 내니까.'

전혀 상반된 두 사람의 성향.

지금까지는 단순히 눈앞의 적을 상대했기 때문에 마찰이 없었지만 이제는 다르다.

'강찬석과 오르도 창처럼 두 사람 역시 서로를 의식한다면 충분히 더 빠른 성장이 가능하겠지.'

라캉 베자스와 최혁수. 두 사람 모두 한 시대를 풍미했던 랭커이니까.

"어떻게 가능하다는 겁니까?"

"동맹을 더 만들면 됩니다."

"하아……?"

"믿을 수 있는 사람 말이죠."

최혁수의 말에 라캉 베자스는 고작 그런 생각을 내놓느냐는 표정으로 말했다.

'역시 아직 어리다. 이런 전장에서 신뢰의 문제를 말하다니 말이야.'

그는 가볍게 웃었다. 현실 세계도 다를 바 없다. 수많은 거래와 계약이 오가는 경영에서 얼마나 많은 배신이 있고 암투가 있던가.

"그건 이상적인 생각일 뿐입니다. 믿을 수 있는 사람? 그런 게 있겠습니까."

"아뇨, 가능합니다."

그 순간, 두 사람의 대화를 듣던 무열이 처음으로 입을 열었다. 그의 목소리가 들리자 모두의 시선이 그에게 쏠렸다.

"그게 무슨……?"

"믿을 수 있는 사람. 그렇죠, 동료. 대륙을 통일하기 위해선 더욱 필요합니다. 하지만 꼭 신뢰가 마음으로만 쌓이는 건 아닙니다."

무열은 필립 로엔의 거점을 표시해 놓은 것을 천천히 옮겼다. 오히려 처음보다 더 트라멜에서 떨어진 곳이었다.

"이곳엔 다른 사람을 둘 겁니다."

"네? 누구죠?"

"베이 신."

"하지만 그 사람은 지금…… 다른 곳에 거점을 만들어 놓지 않았습니까?"

"그렇죠."

라캉 베자스는 무열의 말에 인상을 찡그렸다. 이건 최혁수가 생각해 낸 계획도, 자신이 생각해 낸 계획도 아니었다. 이 둘과 비슷하면서도 비슷하지 않은 무열의 계획.

"확실히 휀 레이놀즈라든지 다른 권세의 수장들에 비해서 베이 신은 우호적일 순 있겠지만…… 과연 그가 권좌를 포기할 것이라고 생각하십니까?"

"아뇨, 하지만 당신이 있잖습니까."

"……네?"

"라캉 베자스, 당신이라면 내가 만드는 이 나라의 균형을 맞출 수 있을 겁니다. 베이 신, 필립 로엔뿐만 아니라 다른 자들까지. 당신의 뛰어난 교역 능력으로. 풍요로워진 트라멜의 모든 자원과 재화를 가지고 이제 거래를 할 겁니다."

"하…… 하하하……."

라캉 베자스는 자신도 모르게 웃음을 터뜨리고 말았다.

생각지도 못한 계책.

전쟁을 피하려고 노력했던 게 누구던가. 바로 자신이었다. 그런데 지금 전쟁으로 모든 걸 해결하려고 했다. 무열이 처음 트라멜에 입성했을 때에도 그는 3거점의 사람들과 달리 끝까지 이성적으로 그를 살피지 않았던가.

그렇다. 언제 자신이 타인을 믿었던가. 눈에 보이는 결과와 확실한 조건만을 믿을 뿐이었다.

사람을 믿는 것이 아닌 재화를 믿는 것. 마치, 자신의 본래의 모습이 잊지 말라고 무열이 말하는 것 같았다.

'강무열, 이젠 날 이용하려고 하는가. 나쁘지 않아. 이런 생각을 할 줄이야. 어쩌면 정말로……'

라캉 베자스는 만족스러운 표정으로 고개를 끄덕였다.

"좋습니다. 정말로 지도상에 이어진 이 모든 거점에 무열님이 원하는 자로 구성만 할 수 있다면…… 저 역시 충성을 다해서 거점 간의 격차가 아닌 균등한 성장을 할 수 있도록 해 보죠."

그는 무열을 바라봤다.

"힘이 아닌 교역으로."

라캉 베자스는 처음으로 설레는 기분이었다.

자신이 인정받는 것. 전투에 관여하지 않지만 그의 능력이 전세를 가늠하게 만들 수 있다는 사실에 그는 회사에서 첫 계약을 따냈던 신입 때의 두근거림을 느꼈다.

"들어오도록 해."

그때였다. 회의실의 문이 열렸다. 밖에서 천천히 걸어 들어오는 세 사람이 있었다. 그들의 복장은 모두가 제각각이었지만 새카맣게 그을린 피부만큼은 비슷했다.

"저 사람들은?"

처음 보는 옷을 입은 그들을 보자 필립 로엔이 무열을 향해 고개를 돌렸다.

북부에서는 볼 수 없는 의상.

"주군을 뵙습니다."

세 남자는 회의실에 들어오자마자 무릎을 꿇고서 고개를 숙이며 말했다.

기사(騎士) 가문인 로엔가에서도 이 정도로 충신의 예를 표하지 않는다. 과할 정도로 존경 어린 눈빛을 하고 있는 그들의 모습에 그는 더욱 궁금증이 생겼다.

"남부 서쪽 지역을 통괄하는 5대 부족의 식솔입니다."

"그런데 주군이라니⋯⋯. 설마?"

"네, 예상하신 대로가 맞을 겁니다."

강찬석의 대답에 필립 로엔은 기가 막힌다는 듯 고개를 저었다.

"라캉 베자스, 그리고 최혁수. 두 사람의 생각은 조금 다르지만 트라멜을 기점으로 대륙을 이렇게 나누려고 한 이유는 아마 똑같을 것 같은데."

두 사람은 고개를 끄덕였다.

"북부의 토착인을 견제하기 위함입니다."

"맞습니다. 이건 징집된 인류끼리의 싸움이지만 현재 가장 큰 세력은 북부의 토착인이죠. 지도를 아직 모두 완성하지 못하여 그들의 영토를 완벽하게 확인하지는 못했지만…… 지금은 세력이 약화된 다른 거점들보다도 토착인들의 세력을 조심해야 할 겁니다."

"라캉 씨의 말에 동의해요. 아쉬운 게 있다면 정말 지도가 좀 더 정확했으면 좋겠지만…… 직접 돌아보지 않고선 완성할 수 없으니까."

최혁수 역시 그의 말에 고개를 끄덕였다.

"아니, 이미 준비는 마쳤다."

"……네?"

그 순간, 무열은 인벤토리에서 새로운 지도 한 장을 꺼냈다. 양피지로 되어 있는 특이한 지도. 그게 지도 제작 스킬로 만든 지도가 아니라는 걸 사람들은 단번에 알 수 있었다.

"트라멜을 향해 오는 동안 저들이 완성한 지도다. 정보가 새어 나가지 않기 위해서 그동안 말을 하지 않았지만 이제 해도 되겠지."

무열은 필립 로엔과 라캉 베자스의 지도 위에 자신의 지도를 올렸다. 붉은 선이 놀랍게도 선명하게 겹쳤다.

"남부에서 나의 병력이 올 것이다."

"……!!!"

모두가 그의 말에 놀랐다.

당연한 일이다. 최혁수와 라캉 베자스보다도 훨씬 더 먼저 이미 무열은 북부 정벌에 대한 계획을 세우고 있었으니까.

"도착 예정일은 약 스무 날 남짓. 트라멜의 축복이 끝나는 시점이 우리가 움직이는 날이 될 것이다."

트라멜, 남부 5대 부족 연합, 그리고 필립 로엔까지.

지금까지 볼 수 없었던 대규모의 병력.

꿀꺽.

무열의 말에 긴장한 듯 모두가 자신도 모르게 마른침을 삼켰다.

"목표는 7왕국."

그는 붉게 표시된 한 지역을 손가락으로 찍었다.

회의실에서 무열의 목소리가 울렸다.

"누구보다 빠르게 우리의 것으로 만든다."

어두운 밤.

그러나 트라멜의 요새는 여전히 불이 밝혀져 있었다.

"자!! 오늘은 저것만 보수하고 마무리하자고!"

"다들 고생했어!!"

"크하, 조금 전에 스킬 랭크 업을 해서 그런지 벌써 손맛이 잡히는 것 같은데?"

"진정해, 진정. 이해는 하지만 내일은 새벽 작업이니 하루 종일 일하게 될 수도 있다고."

공사 현장에선 시간이 흘러도 오히려 힘든 기색보다는 화기애애한 대화뿐이었다.

"요즘 같기만 하면 진짜 밤새 일을 해도 재밌겠어요. 숙련도도 잘 오르고."

"그러게. 축복이 이제 열흘밖에 남지 않은 게 너무 아쉬운걸."

"그래서 지금 이렇게 잠을 쪼개가면서까지 열심히 하는 거잖아. 쉴 땐 쉬어야 그다음에 더 많이 할 수 있는 법이다. 자!! 오늘은 여기까지 하자고!!"

트라멜의 보수 감독은 마지막 건물의 보수가 끝남과 동시에 큰 소리로 말했다.

"넵!!"

요새에 거주하는 수백의 인부가 큰 소리로 외쳤다.

한 달이 조금 지난 시점에서 악마군에 의해 부서졌던 트라멜은 거의 복구가 끝났다. 아니, 복구뿐만 아니라 성벽의 보수는 물론이거니와 오히려 부서진 성벽을 이용해서 트라멜의 규모를 더욱더 늘릴 수 있게 되었다.

트라멜로 인구가 유입되면서 특히 건축(Architecture) 스킬과 토목(Civil engineering) 스킬을 보유한 사람이 늘어났다. 그 덕분에 건물은 오히려 더 효율적이게 되었고 새로 만든 성벽은 더욱더 단단해졌다.

그때였다.

콰아아아아아아아아앙———!!!

고막을 찢을 것 같은 엄청난 굉음. 그와 동시에 지진이라도 난 것처럼 바닥이 흔들렸다.

"뭐, 뭐야?!"

"어디서 뭐 폭발이라도 난 거야 뭐야?"

"오늘 작업은 여기까지랬잖아! 어떤 녀석이야!"

공사장에 있던 인부들은 흔들리는 바닥에 가까스로 중심을 잡았다. 보수 감독은 들려오는 굉음에 화가 난 목소리로 소리쳤다.

"1팀 아닙니다!"

"2팀도 손댄 사람 없습니다!"

"뭐야? 그럼 3팀이냐!"

감독의 노성(怒聲)에 순간 정적이 일었다.

"3팀도 이상 무입니다!!"

저 멀리서 들려오는 3팀 팀장의 목소리. 보수 감독은 그 모습에 인상을 구겼다.

"그럼 방금 그건 뭔데?"

그 순간, 감독관의 옆에 서 있던 인부 하나가 입을 벌린 채로 말을 잇지 못했다.

"넌 또 왜 그래?"

"저…… 저……."

"뭐야? 갑자기 일 잘하다가 맛이 간 사람처럼."

인부는 감독관의 쓴소리에도 불구하고 여전히 멍한 표정으로 간신히 손을 들었다.

"저기……!!"

그의 손가락이 가리키는 방향으로 감독관의 고개가 돌아갔다.

"……!!!"

모두의 눈이 동그랗게 커졌다.

"아까 그거…… 여기서 터진 게 아니에요."

어째서 알아차리지 못한 걸까. 어딘가에서 폭발이 일어났다면 그 잔해도 있었을 텐데 말이다.

하지만 존재하는 건 그저 굉음뿐.

트라멜의 뒤편. 높진 않지만 가파른 언덕 몇 개가 존재했었다. 그리고 너머에 있는 커다란 강은 트라멜에 사는 사람들의 주요한 식수가 되었다.

그런데…… 지금 공사장 한가운데에서 언덕에 가려 보이지 않아야 할 강이 보였다.

꿀꺽.

감독관은 자신도 모르게 마른침을 삼켰다.

잘못 본 줄 알았다. 수면에 반사되는 별들이 반짝거리고 있었으니까.

"저게…… 뭐야?"

잔해가 남지 않은 이유를 감독관은 단번에 찾을 수 있었다.

황당함을 넘어 경악에 찬 표정.

있어야 할 언덕이 사라졌다. 마치 두부를 자른 것처럼 너무나도 깨끗하게 잘려 나간 언덕의 한쪽 면. 비스듬하게 잘려 나간 언덕의 빈 곳으로 뒤에 흐르는 강이 보이는 것이었다.

"도대체 누가…….."

"……."

협곡 맨 꼭대기엔 침묵이 흘렀다.

휘이이이익……!

바람이 불자 바닥에 떨어진 머리카락 한 뭉치가 공중으로 떠올랐다가 흩어졌다.

"어때?"

"……어떠냐고? 지금 날 죽일 셈이냐."

꼭대기 위에 서 있는 두 사람. 그중 한 명인 필립 로엔은 자신의 창, 흑참(黑斬)을 바닥에 꽂으면서 투덜거렸다.

"조금 전 공격이 비껴 나가지 않았으면 내 목이 완전히 날아갔을 거라고. 비전서의 후반부를 얻으면 뭐해? 익히기도 전에 누구 때문에 죽을 뻔했는데."

그는 어이가 없다는 표정으로 고개를 저었다. 하지만 그 앞에 선 무열은 그의 투덜거림보다 더 중요한 것이 있는 듯 다시 한번 물었다.

"그래서 어떠냐구."

"……하여간."

필립 로엔은 트라멜에 와서 열흘 동안 그를 지켜봤다.

'정말 놀라운 집중력이다. 어떻게 저럴 수 있지? 협곡에서 나가지도 않고 벌써…….'

만약 자신이라면 이렇게 하지 못했을 것이다.

그는 알 것이다. 이미 다른 사람들보다 자신이 뛰어나다는 걸.

그러나 필립 로엔의 눈에 강무열은 자신의 강함에 만족 따위 없어 보였다. 지금에 안주하지 않고 끝없이 수련에 수련을 거듭하고 있었다. 언제나 부족하다는 얼굴로 말이다.

"응? 어때."

떨리는 마음으로 결과를 기다리는 수험생 같은 얼굴.

필립 로엔은 그 표정에 그만 헛웃음을 터뜨리고 말았다.

"저걸 보고도 내 대답이 필요해?"

그는 자신의 뒤에 잘려 나간 언덕을 가리키며 말했다.

"너의 검은 이미 우리들의 수준을 뛰어넘었다."

필립 로엔은 현재 트라멜에서 가장 완성된 기술을 펼칠 수 있는 창술가였다. 강찬석이나 오르도 창도 있었지만 그들보다는 거리를 벌릴 수 있는 필립 로엔이 무열의 훈련 상대가 되어주었다.

처음에 무열이 부탁했을 때만 하더라도 그는 굳이 거리를 벌릴 필요가 있는가 의문이 들었지만 이제는 충분히 실감을 하고 있었다.

"그런가……."

무열은 검을 쥔 손에 힘을 주었다. 필립의 대답에도 불구하고 그는 고개를 가로저었다. 뭔가 불만이 있는 듯한 얼굴.

"아직 미숙하다."

"뭐?"

그의 대답에 필립 로엔은 이해가 가지 않는 표정으로 그를 바라봤다.

언덕을 잘라 버릴 정도의 위력.

과연 저런 걸 할 수 있는 사람이 있을까?

그가 생각하기에 현존하는 그 어떤 랭커도 불가능할 것이다.

말 그대로 경천동지(驚天動地)할 만한 힘.

하지만 무열은 그걸 얻었다는 만족감보다는 항상 뭔가를 더 갈구하는 것 같아 보였다.

'확실히 뛰어나다. 그런데 좀 달라. 천재들이 가지는 호기심이라든지 탐구열과는…….'

필립 로엔은 그런 무열을 흥미롭게 바라봤다.

목마름.

그렇다. 태생적인 것이 아닌 뭔가를 갈구하는 허기짐.

무열이 검술을 펼치며 자신의 스킬을 올릴 때 느껴지는 모습은 흡사 그것과 닮았다.

"우리가 이곳에 있은 지 얼마나 되었지?"

"열흘이다."

"그럼…… 신의 축복도 열흘 남았군."

"그렇겠지."

무열은 고개를 끄덕였다.

"북부 정벌을 위한 마지막 대비다. 거기에 맞춰서 이제 제대로 이 힘을 쓰기 위해 준비를 해야겠지."

"너 정말…… 아직도 모자라다고 생각하나? 그래, 네 말대로 아직 완벽한 것은 아니지만 그래도 열에 일곱은 성공할 수 있게 되었잖아. 게다가 저 위력. 할 말을 잃게 만들 정도로 대단하다."

마력과 암흑력의 순환, 그리고 교차한 검을 흩뿌리는 것으로 그 순간의 대미지를 폭발적으로 증가시킨다. 그리고 그 결과가 바로 저것이다.

언덕마저 베어버릴 만큼의 힘.

"그래, 네 말대로다. 열에 일곱이지. 고작 마력과 암흑력을 융합하는 것도 제대로 하지 못한다는 말이다."

"그게 무슨……."

"고작 언덕을 자르는 힘으론 아무것도 못해. 난 이 검 안에 더 많은 힘을 융합할 거다."

"……뭐?"

"세븐 쓰론에 존재하는 모든 속성."

화르르륵……!!

저저적-!!!

무열이 쥔 검에서 화염이 일었다. 그리고 또다시 반대쪽 검에 힘을 주자 검날에서 날카로운 전격이 흘러나왔다.

"앞으로 4개 남았군. 빙결, 대지, 바람, 그리고…… 빛까지."

"……."

필립 로엔은 그의 입에서 나올 말이 예상되면서도 차마 입에 담을 엄두가 나지 않았다.

"나는 그 모든 힘을 내 검 안에 담을 것이다. 그러기 위해 고작 2개뿐인 마력과 암흑력을 융합하는 건 단순한 밑거름에 불과하다."

"허……."

"물론, 아직 그 밑거름조차 제대로 하지 못하고 있지만 말이야."

무열의 말에 필립 로엔은 기가 막히다는 표정을 지었다.

"마력과 암흑력도 모자라서 자연계의 5대 속성에 빛의 힘까지? 좋다. 다 좋다고 해도 아무리 너라고 해도 그걸 다 얻을 수 없을 텐데?"

"있다."

"……뭐?"

"굳이 찾아다닐 필요 없지. 어디에 있는지 아니까. 자연계를 구성하는 힘 중에 가장 순수하고 강력한 힘을 가진 존재가 있으니까."

"그게 무슨……."

무열은 아무렇지 않은 듯 태연하게 말했다.

"정령왕."

태초에 태어났다고 전해지는 4대 원소 정령왕. 폭염왕 라미느, 거암 군주 막튠, 해일의 여왕 에테랄, 광풍 사미아드. 그리고 2대 광야(光夜) 빛의 라시스, 어둠의 두아트.

"허⋯⋯."

파즉⋯⋯ 파즈즉⋯⋯!!

어쩐지 대답이라도 하는 것처럼 무열의 말에 그의 왼손에 들려 있는 전격을 머금은 뇌격의 검날이 파르르 떨리는 것 같았다.

"이제 제대로 이 힘을 쓰기 위해 준비해야겠지."

무열이 계획했던 또 하나. 바로, 정령술.

그는 그걸 이제 실행에 옮기려 했다.

'지금 당장 할 순 없다. 하지만 이젠 필요한 재료를 모을 수 있을 만큼의 수준에 올랐다.'

그러기 위한 수련이었다.

강렬한 일격.

아직은 필립 로엔의 말대로 열에 일곱 정도 성공하는 위험 부담이 있는 스킬이지만 이 정도 위력이 없다면 녀석을 잡을 수 없으니까.

"트라멜에서 서북부로 조금 가다 보면 작은 마을 하나가 있다. 마을의 이름은 오르갈."

"아, 거기라면······."

"그래, 너라면 어쩌면 지났을 수도 있겠군."

필립 로엔은 무열의 말에 자신의 기억을 더듬어 보았다. 그러나 딱히 기억나는 건 없었다. 그저 평범했던 작은 산골 마을에 불과했었으니까.

"거기에 녀석이 있다."

"녀석?"

카나트라 산맥의 주인. 필드 네임드(Field Named).

"신록(神鹿), 알카르."

"······!!"

"남은 열흘."

누구도 상상하지 못하고 엄두도 내지 못했던 일.

"녀석을 잡을 부대를 구성하겠다."

무열은 필립 로엔을 바라보며 말했다.

"함께 가자, 필립."

그 순간, 필립 로엔은 자신도 모르게 가슴이 뛰는 것을 느꼈다.

"······젠장!!!"

여기저기에서 욕지거리가 들렸다.

그중에서도 창을 지팡이 삼아 비틀거리면서 선두에서 걸어오는 남자. 필립 로엔은 만신창이가 된 모습으로 숨을 토해냈다.

트라멜의 성문 안으로 들어온 일단의 사람. 누구의 피인지 알 수 없지만 이미 굳어버려 검게 변한 피딱지들이 덕지덕지 갑옷에 달라붙어 있었다.

"하아…… 후읍……!!!"

저마다 거칠게 몰아쉬는 숨. 지칠 대로 지쳐서 제대로 서 있지도 못할 것 같지만 놀랍게도 그들의 눈빛만큼은 생생하게 살아 있었다. 아니, 당장에라도 눈앞에 먹잇감을 잡아먹을 것 같은 맹수의 것이었다.

"이럴 줄 알았으면 따라오지 않았다고."

필립 로엔은 자신의 창을 던져 버리듯 바닥에 내팽개치고는 대자로 뻗어버렸다.

트라멜 안에 있는 시민들은 그 모습을 보며 가볍게 웃었다.

"오늘은 생각보다 일찍 돌아왔는데?"

"그만큼 빨리 사냥을 했다는 거 아닐까?"

"와…… 매일 기록 경신이로군."

"경신 정도가 아니지. 하루에 던전 세 곳을 돌아가며 클리어한다던데?"

"진짜…… 사람이 아니야."

수군거림. 그 대화 속에선 순수한 감탄이 있었다. 어쩐지 그들은 이런 광경이 어색하지 않은 듯 보였다.

"오늘로써 열흘째다."

무열은 주저앉아 있는 사람들을 훑었다. 오르도 창, 강찬석, 필립 로엔, 윤선미, 최혁수…… 그리고 그들의 뒤에 있는 선별한 50명의 병사까지.

"잘 따라와 줬다."

트라멜에 생성되었던 금빛의 오로라가 밤을 알리는 붉은 노을과 함께 서서히 사라지고 있었다.

"이제."

어쩐지 무열의 등 뒤에서 붉은 화염이 일렁이고 있는 것 같은 기분이었다.

병사이 무열을 바라봤다.

익숙한 눈빛. 전장에서 볼 수 있는 예기가 서린 눈빛.

무열은 그것이 만족스러운 듯 고개를 끄덕이며 말했다.

"날카롭게 벼려진 너희들의 검을 보일 순간이다."

40장
북부 정벌의 시작

신록(神鹿), 알카르.

오르갈 마을 뒤에 있는 카나트라 산맥에서 서식하고 있던 필드 네임드인 녀석은 커다란 사슴의 모습처럼 성격도 그다지 공격적이지 않았다.

그렇기 때문에 마을에 사는 약 150여 명의 사람은 신록의 존재는 알고 있었지만 그를 크게 두려워하거나 하지 않았다. 아니, 오히려 신수(神獸)로서 자신들을 지켜준다고 믿기까지 했었다.

하지만 그 믿음은 세븐 쓰론이 열리고 2년이 채 이어지지 못했다. 산맥에서 터를 잡고 살던 알카르가 갑자기 마을로 내려와 일대를 초토화시킨 것이다.

분노(忿怒).

미친 듯이 날뛰는 신수는 가히 신의 분노라고 해도 과언이 아닐 정도로 매서웠다.

서북부에 거점을 가지고 있던 세력 중 가장 큰 세력이었던 쿠산 사지드.

'지금쯤이면 그도 3층 공략에 성공해서 바이킹(Viking) 직업을 얻었겠군. 포스나인에서 흐르는 강물을 따라 거점을 만들었을 텐데…….'

미소의 쿠산. A랭크까지 올라갈 정도로 실력도 있었지만 부하의 배신으로 죽음을 맞이했던 남자.

강물을 따라 그가 구축한 42거점. 풍부한 자원과 함께 강가 근처였기 때문에 테이밍을 배우지 못한 사람들에게 가장 유용한 이동 수단인 배를 띄울 수도 있는 요충지였다.

무열이 오르갈을 향하는 이유는 단순히 알카르의 뿔을 얻기 위함만은 아니었다.

'42거점은 내가 계획한 대륙을 나누는 기준선에 있는 주요한 지역이다.'

대륙을 관통하는 강이 흐르는 곳에 구축된 거점 중에 가장 큰 세력이었던 두 곳이 바로 제도왕이라 불렸던 넬슨 하워드와 함께 쿠산 사지드의 42거점이었다.

쿠산이 죽고 난 뒤에 넬슨 하워드가 포스나인을 기점으로 섬들을 통치하며 완벽한 수장이 되었지만 배신만 당하지 않았더라면 그 역시 충분히 넬슨 하워드의 권세에 대항할 만한 힘을 가진 남자였다.

'오르갈 마을에 가면서 42거점에 들를 이유가 있지. 쿠산 사지드라는 인물이 어떤지 확인해 보기 위함도 있지만……'

무열은 자신의 지도를 펼치며 연신 그 안을 채워 넣으면서 생각했다.

탁.

'여길 얻어야 한다. 반드시.'

트라멜과는 제법 거리가 떨어진 곳. 42거점의 뒤쪽에 있는 산맥을 바라보며 무열은 생각했다.

'대륙에 단 3개밖에 없는 속성석 광산.'

카디훔 마광산.

약 3년 뒤, 뒤늦게 이곳이 발견되면서 광산의 개발이 진행됐었다. 던전은 고유 속성에 따라서 해당 속성석만을 얻을 수 있는 것에 비해서 광산은 랜덤하게 5개의 속성석을 얻을 수 있었고, 나아가 던전에 비해 위험성이 현저하게 떨어졌다.

그 당시 광산에서 채굴 가능했던 속성석의 등급은 4각석까지였다.

'그 후, 종족 전쟁이 발발하는 바람에 제대로 된 개발을 하지 못했다.'

하지만 만약에 그게 광산의 끝이 아니라면?

6각석의 경우 최소 난이도 S급의 던전에서 얻을 수 있었고 4각석도 A급의 던전에서 드랍된다. 그 때문에 속성석을 얻기 위한 희생도 엄청났다.

'마광산의 개발을 2년만 더 빠르게 할 수 있다면…… 4각석 이상의 속성석을 채굴하는 것도 불가능은 아니다.'

세븐 쓰론의 몬스터들 역시 각각 고유의 속성이 있다. 그렇기 때문에 속성을 상성으로 맞춘다면 자신보다 랭크가 높은 몬스터를 사냥하는 것도 불가능한 일은 아니다.

게다가.

'언제까지고 몬스터 웨이브가 멈춰 있는 것은 아니다.'

무열이 회귀를 하고 처음으로 이룬 위업(偉業).

지금은 그 위업 덕분에 끔찍한 몬스터 웨이브가 잠시 중단되었지만 언제 다시 시작돼도 이상한 것이 아니다.

고작 몇 달. 그러나 이미 사람들은 몬스터의 습격은 잊은 듯 지금의 생활을 너무 당연하게 여기고 있었다.

오직, 무열만이 그 끔찍했던 과거를 뼛속까지 기억하고 있기 때문에 준비할 수 있는 것이었다.

라바룸 전투, 마가목의 추락 전쟁, 핏빛 악몽…….

하나하나가 수천 명을 죽음으로 몰아갔을 정도로 끔찍한 전투였다.

'이것 말고도 정말 많은 몬스터 웨이브가 있었다.'

그 말은 곧, 절대로 인류를 향한 몬스터의 침공은 끝나지 않는다는 뜻이다.

그러기 위해 필요한 또 하나의 안배.

'각각의 몬스터에 맞는 상성부대를 만든다.'

아직 먼 이야기였지만 이번 출정에서 그가 얻어야 할 몇 가지의 목록 중 하나였다.

무열은 자신의 뒤를 바라봤다.

과거 그가 살았던 전생에는 존재하지 않는, 자신이 창설한 새로운 부대.

알카르 사냥을 위해 준비한 50명의 정예 부대.

그와 함께 필립 로엔과 강찬석, 그리고 오르도 창의 부대원 약 500명이 자신의 뒤를 따르고 있었다.

"대장, 이제 곧 카나트라 산맥의 초입입니다."

그의 옆에 있는 오르도 창이 조용히 말했다.

무열은 그의 말에 고개를 끄덕이고는 작성하고 있던 지도를 잠시 접었다.

'이대로 오르갈 마을을 통과해서 알카르를 사냥한 뒤 42거

점에서 기반을 다진다. 그 뒤에 병력을 북부로 이동시키면 될 터.'

북부를 연결하는 교두보로 생각한 42거점을 토대로 그는 북부 일대의 왕국들을 하나씩 공략할 생각이었다.

약간의 고양감.

그를 따르는 550명의 부대는 사실 그렇게 큰 규모라고 할 순 없다. 수백이 아닌 수천, 수만의 군대가 격돌하는 전장도 경험해 본 그였으니까.

하지만 지금 이건 다르다. 자신을 믿고 자신의 명령에 따라 움직이는 병사들. 잘못된 선택이 그들의 목숨을 앗아갈 수 있다. 그의 죽음이 그랬던 것처럼 말이다.

그렇기에 무열은 자신의 어깨가 갈수록 더 무거워짐을 느꼈다.

'이 무게에 흔들리면 안 된다. 인간군이 또다시 전멸하지 않도록.'

원망하지 않았던가.

그러니 그에 상응하는 결과를 스스로 일궈내야만 그 원망도 당위성을 얻게 되는 것이다.

'그 시작이 바로 이 북부 정벌.'

무열은 마음을 다지며 천천히 고개를 들어 앞을 바라봤다.

'……음?'

그때였다. 숲의 무성하게 자라나 있는 풀의 움직임이 어쩐지 인위적이었다.

묘한 불편함.

무열은 눈을 가늘게 뜨며 그곳을 주시했다.

'저건…….'

두드드드드…….

흔들리는 풀이 점차 더 요란하게 꺾이기 시작했다.

"쿠단."

무열은 5대 부족에서 찾아온 세 사람 중 한 명을 불렀다.

터번으로 머리를 두르고 한쪽 눈을 가리개로 가린 남자가 그의 말에 천천히 무리에서 걸어 나왔다.

"네, 주군."

대륙 여기저기를 떠돌아다니는 엔라 일족인 그는 트라멜에 오기 전 이번 북부 지역의 지도를 만든 사람이었다.

"혹시 이 앞에 오르갈 마을 말고 다른 마을이 있나? 지도에는 나와 있지 않은데."

"음…….."

쿠단은 자신이 만든 지도를 살피면서 기억을 더듬었다.

"아, 마을은 아니지만 작은 부락이 몇 개 있을 겁니다. 지도에 그곳들까지 표시하기엔 너무 많기도 해서 인구 50명 미만의 곳은 제외했습니다. 그리고 그런 부락들은 몇 달 뒤에 없어지는 것이 태반이라."

"그래?"

"주군께서 말씀하신 방향이면 아마 맞을 겁니다. 42거점으로 향하는 강물에 빠지는 샛길이 있는 곳이라 제가 지나갔었으니까요. 아마 20~30명 정도 사람이 사는 부락이 있었던 걸로 기억합니다."

"으흠……."

"그런데 무슨 일이신지요."

무열은 턱을 괴며 다시 한번 전방을 주시했다.

"쿤겐, 너라면 보지 않아도 알 수 있겠지. 어때?"

[네가 생각하는 게 맞다.]

"역시……."

무열은 쿤겐의 말에 고개를 끄덕였다. 그는 과거의 경험을 통해서 풀이 흔들리는 모습이나 저 멀리서 생성되는 흙먼지의 모양 등을 살피며 유추했던 것이다.

"뭐, 내 생각이 맞다면 오히려 큰 문제는 아니지만."

그는 고개를 돌려 강찬석과 오르도를 향해 말했다.

"모두 전투준비."

"네?"

생각지도 못한 무열의 명령에 부대원들 사이에서 긴장감이 흘렀다.

"전방에 오크들이다."

착——!!

차착———!!

이어지는 무열의 말 한마디에 50명의 부대원이 일제히 자신의 무기를 들고 자세를 취했다.

지겹도록 해온 전투다. 게다가 고작해야 C랭크의 몬스터인 오크. 트라멜의 3대 던전에서 죽지 않을 만큼 싸웠던 그들에겐 오히려 우스운 사냥감이었으니까.

하지만.

'부락으로 향하는 거라면……'

"사람들이 위험할 수 있다."

더 이상 고민할 필요가 없었다.

[크르르르르르……!!]

손가락을 튕기자 무열의 앞에 나타난 플레임 서펀트의 머리 위로 올라타며 그가 말했다.

"오르도, 병력을 이끌고 와라. 나는 먼저 가겠다."

"알겠습니다."

여태까지는 속도를 맞추기 위해서 함께 걸었지만 지금은 다르다. 지면을 박차듯 흙먼지를 일으키며 솟구친 플레임 서펀트는 빠른 속도로 오크들을 향해 날아가기 시작했다.

"주군의 뒤를 따른다."

"넵!!"

날아가는 무열을 보며 오르도는 타고 있던 카르곤의 허리를 발로 찼다. 카르곤이 앞으로 달리기 시작했다.

❋

"몬스터다!!!"

"모두 도망쳐!!!"

여기저기에서 터져 나오는 비명.

다행히 부락 안에 사람은 그다지 많지 않은 듯 오크들의 습격에도 아직 시체는 보이지 않았다.

'어림잡아 50여 마리는 될 것 같은데.'

무리를 형성해서 서식하는 몬스터 중 하나였지만 이 정도의 규모가 한꺼번에 움직이는 일은 드물었다.

'이곳 강가 근처에 오크 군락이 있었나? 이상한데…….'

무열은 서펀트에서 뛰어내리다시피 바닥에 착지했다.

서걱-!!

취르륵……!!

콰득-!!

바닥으로 내려옴과 동시에 무열이 검을 긋자 순식간에 그의 주변에 있던 오크들의 머리와 몸뚱이가 잘려 나갔다.

"취륵!! 취르륵……!!"

갑작스러운 공격에 오크들은 당황한 듯 무열을 향해 소리치며 자신의 도끼를 들었지만 고작 이런 녀석들이 그의 적수가 될 수 있을 리 만무했다.

'녀석들을 잡는 건 문제가 아니다. 부대원들이 오기 전까지 사람들의 피해가 없도록 하는 것이 중요하다.'

무열은 주위를 살피며 혹시나 공격을 받는 사람이 없는지 찾았다.

[좀 이상하지 않느냐.]

그 순간, 쿤겐이 입을 열었다.

"음? 뭐가?"

촤아악-!!

무열은 오크의 목에 박아 넣은 검을 뽑고는 허공에 검을 그으며 묻은 피를 흩뿌리며 고개를 들었다.

[저기 저 아이…….]

쿤겐이 말하는 방향을 보자 무열은 혼란스러운 지금 상황과 달리 나뭇가지를 마치 껌처럼 질겅질겅 씹고 있는 한 소녀와 눈이 마주쳤다.

'음? 도망치지 않고?'

목책으로 만들어 놓은 나뭇더미에 걸터앉아서는 쓰러진 오크들을 보며 그녀는 어쩐지 못마땅한 표정을 짓고 있었다.

나이는 기껏해야 열여덟에서 열아홉 정도?

숏커트에 가까운 짧은 단발. 진한 눈썹과 쌍꺼풀이 없는 눈에 이목구비가 뚜렷한 그녀는 왼쪽 코끝에 점이 묘한 매력을 가지는 아이였다.

허리에 차고 있는 소드는 레이피어를 작게 만든 스몰 소드(Small Sword)였다.

살상력이 뛰어난 것도 아니고 길이도 애매해서 다루기 어려운 검이었기에 저런 검을 쓰는 사람이 있다는 것이 시선을 끌었다.

"쟤가 왜?"

눈에 보이진 않았지만 그녀의 몸에 두르고 있는 무기는 검 하나가 아니었다.

장화 안쪽에 달려 있는 작은 단검. 스몰 소드와 함께 엉덩이 뒤쪽에 가로로 매여 있는 글라디우스(Gladius)까지.

저걸 모두 다룰 수 있을까 의문이 들 정도로 가녀린 체구의 여자가 사용하기엔 많았다.

[몬스터들 앞에서 달리고 있었다.]

"……뭐?"

무열은 쿤겐의 말에 다시 한번 그녀에게로 고개를 돌렸다.

그녀의 외모보다 신경 쓰이는 것.

'설마…….'

그는 날카로운 표정으로 그녀를 바라봤다.

"저 아이가 일부러 오크들을 마을로 끌고 왔다는 말이야?"

갈만 부락.

부락 안에는 이렇다 할 무기가 될 만한 것도 없었다. 기껏해야 날이 빠진 검과 몇 개의 병장기가 전부.

게다가 제대로 된 게 있어봐야 그걸 사용할 수 있는 사람이 없었다.

"사…… 살았다?"

"후아…….."

"만세!! 만세……!!!"

그도 그럴 것이 몬스터들이 쳐들어왔을 때에도 그들은 손에 익은 물건으로 검이 아닌 곡괭이와 낫을 들고 있었으니 말이다.

몇몇 사람은 쌓여가는 오크의 사체를 보며 그제야 안도의 한숨을 내쉬곤 쥐고 있던 농기구들을 바닥에 던졌다.

세븐 쓰론에 징집된 후, 운이 좋게도 강이 흐르는 이곳은 몬스터들이 거의 나타나지 않는 안전지대였다.

비옥한 땅. 곁에서 바로 구할 수 있는 식수.

게다가 근처에 있는 카나트라 산맥에선 맹수보다 초식동물이 더 많아 사냥도 어렵지 않았다.

생활은 단조로웠지만 오히려 지구보다 여기가 낫다는 이도 몇몇 있었다. 물론…… 조금 전까지지만.

"모두 정리된 건가?"

철컥.

무열이 뇌격과 뇌전을 검집에 넣으면서 뒤를 돌아보았다. 순식간에 정리된 몬스터의 습격은 습격이라고 하기에도 미비한 피해였다.

'운이 좋았군.'

무열은 부락 한가운데에서 다친 시민들이 있나 살폈다. 발빠르게 움직인 덕분에 상처를 입은 사람은 몇 명 있었지만 죽은 사람은 없었다.

산맥을 지나가며 녀석들을 보지 못했다면 분명 이곳에는 지금 살아 있는 사람 대신 시체가 즐비했을 테니까.

"네, 부락 밖으로 도망치던 녀석들까지 일단 모두 잡았습니다."

강찬석이 커다란 도끼를 들고서 걸어왔다. 그의 뒤에는 한 마리의 오크가 포박된 채로 따르고 있었다.

"취륵…… 취르륵……."

커다란 송곳니로 무열을 향해 으르렁거리는 오크 한 마리만이 아직 분을 삭이지 못한 듯 노려봤다.

"이 나쁜 놈……!!!"

그때였다. 엉거주춤한 자세로 갑자기 강찬석의 뒤에서 뛰어오는 한 소녀. 그녀는 자신의 스몰 소드로 오크의 뒷목을 있는 힘껏 찔러 넣었다.

"크륵……!! 크륵……!!"

갑작스러운 공격.

오크의 목을 관통한 그녀의 검이 튀어나온 순간, 무열의 발 앞으로 검붉은 피가 좌르륵! 하는 소리와 함께 퍼져 나갔다.

"아니, 이게 무슨……!!"

"누구야!!"

강찬석을 비롯해 오르도 창과 최혁수 등 그곳에 있던 사람들은 놀란 표정으로 소리치며 그녀를 바라봤다.

"……."

그녀는 바들바들 떠는 손으로 오크의 목을 뚫어버린 검을 뽑으려 안간힘을 쓰고 있었다.

"나 참……."

보다 못한 강찬석이 스몰 소드를 뽑아 그녀에게 건넸다.

"뭡니까? 갑자기 달려와서."

"제 친구를…… 죽인 녀석들이에요."

울먹이면서 대답하는 그녀. 긴장이 풀린 듯 스몰 소드를 받아 든 그녀가 주저앉아 버리자 강찬석은 화들짝 놀라며 난감한 표정을 지었다.

"아니, 그런⋯⋯."

어찌할 바를 몰라 주위를 바라보는 그. 어쩔 수 없이 부대에서 유일한 홍일점인 윤선미가 그녀에게 다가가 어깨를 토닥이며 말했다.

"많이 놀랐죠? 괜찮아요. 다 끝났으니까요. 남자들이라 세삼하지 못했어요."

"아니에요⋯⋯. 녀석들이⋯⋯ 친구들을 죽인 걸 보고도 아무것도 못했는데⋯⋯."

그녀는 윤선미의 어깨에 얼굴을 묻고서 흐느꼈다.

"에구⋯⋯ 그래요. 진정하구."

남 일 같지 않은 듯 그녀보다 언니인 윤선미는 작은 체구로 간신히 그녀를 안아주었다.

"이름이 어떻게 돼요?"

"은별⋯⋯ 최은별이에요."

"어머나, 한국 사람이었어요? 너무 이국적으로 생겨서 아닌 줄 알았어요."

옅은 갈색으로 염색을 해서일까, 아니면 뚜렷한 이목구비 때문일까. 윤선미는 은별의 대답에 정말로 놀랐다는 표정이었다.

"⋯⋯."

풀어진 분위기 때문일까? 그제야 강찬석을 비롯한 나머지 사람들도 한숨을 내쉬었다.

한 사람. 무열을 제외하고.

"친구들이 오크에게 당했다고? 그게 어디지?"

"……네?"

"오크 군락이 있을 텐데."

"아…… 그건…….."

다그치듯 묻는 무열의 태도에 윤선미가 최은별의 어깨를 감싸면서 말했다.

"아직 많이 놀란 상태예요. 천천히 물으셔도 되지 않을까요?"

"그러니까 하나만 묻는 겁니다. 오크 군락의 위치가 어딘지만 말해. 왜? 친구들의 복수를 하고 싶지 않나?"

"그런 거 아니에요!"

무열의 말에 최은별은 소리쳤다.

"여기서 1㎞ 정도 떨어진 곳이에요. 저희들은 트라멜에 대한 소문을 듣고 북부에서부터 내려오던 길이었어요."

"……."

"그런데 길을 잘못 들어서……. 전 오크 군락에서 간신히 도망쳤지만…… 제 친구는…….."

다시 울먹이는 최은별을 보고 나머지 사람들도 마음이 약해진 듯 그를 말리며 말했다.

"대장, 저희 요새에 오려고 했던 아이랍니다. 일단은 안정을 취하게 하는 게 좋을 것 같습니다."

"그렇게 하시죠."

강찬석과 라캉 베자스는 안쓰러운 표정으로 최은별을 바라
봤다.

"주군, 오크 군락은 어떻게 할까요?"

오르도 창이 그녀에게서 시선을 떼며 말했다.

"당연히 토벌한다. 멀지 않은 곳이니까. 몬스터들을 남겨놓
을 필요 없지."

"알겠습니다. 출진 준비를 해두겠습니다."

"그래."

그는 무열의 명령이 떨어지자마자 가장 먼저 부대를 정비
하기 시작했다.

윤선미가 최은별을 부축해서 병사들이 설치한 막사 안으로
걸어갔다.

"저런 아이까지 검을 들어야 하다니…… 참."

라캉 베자스는 최은별의 뒷모습을 보며 측은한 목소리로
고개를 저었다.

"42거점에서 쿠산 사지드와의 동맹을 성사하기 위해서 당
신에게 부탁했죠, 라캉 베자스."

"예?"

힘이 아닌 말로써 거점을 넓히겠다는 무열의 말에 전투 요

원이 아님에도 불구하고 라캉 베자스는 자신의 능력을 증명하기 위해 스스로 이 정벌에 지원했다.

"그렇습니다."

그가 고개를 끄덕였다. 그러자 무열은 담담한 목소리로 말했다.

"트라멜의 수비를 위해서 42거점에서의 일을 마친 후에 돌려보내려고 했는데 어쩌면 당신 혼자 보내는 건 위험한 일일지도 모르겠네요."

"그게 무슨 말씀이십니까?"

라캉 베자스는 이해가 가지 않는다는 표정으로 무열을 바라봤다.

"자고로 검이 아닌 펜을 들고 싸우는 사람이라면 누구보다 의심하고 또 의심해야 할 겁니다. 눈앞에 있는 자가 어떤 자인지. 눈앞에 펼쳐진 일에 한 치의 거짓도 없는지."

"……네?"

단지, 이 부락에 무열이 먼저 와서 오크들의 습격 속에서 최은별이란 소녀의 모습을 봤기 때문에 의심을 하는 것이 아니다.

무열은 쓰러진 오크의 사체를 쓰윽 하고 손으로 만지고서 말했다.

"라캉, 검으로 이 녀석을 찔러보세요."

"네?"

그는 무열의 명령에 허리에서 검을 뽑아 있는 힘껏 녀석의 목을 내려쳤다.

퍼억-!!

그의 검은 오크의 목에 절반도 자르지 못한 채 그대로 박혔다. 날카롭게 베이는 소리 대신 들리는 둔탁한 소리. 검술 스킬도 없고 딜러가 아닌 그였기 때문에 제대로 된 공격을 할 수 없는 게 당연한 일이었다.

"어……? 얼레."

하지만 라캉 베자스는 자신의 공격이 제대로 먹히지 않자 자못 놀란 표정을 지었다.

"이상하게 생각할 것 없습니다. 잘 모르겠지만 이 녀석, 다른 오크들과 달리 온몸에 검붉은 반점이 있습니다. 평범한 C급 몬스터가 아니라는 말이죠."

"그럼……."

최혁수는 무열의 말에 살짝 눈살을 찌푸렸다.

"오크 중에서도 상위종이다. 등급으로 따지면 C급 최상위 몬스터."

무열은 오크의 목덜미를 바라보며 말했다. 살짝 올리는 입꼬리. 그 표정 속에는 냉소가 드리워져 있었다.

"그런데 그런 오크의 뒷덜미를 한 방에 꿰뚫었지. 그것도 강찬석, 네가 반응하지 못한 속도로 말이지. 자신의 검도 제대로 못 뽑는 사람이 말이야."

"……."

"……."

그의 한마디에 모두가 할 말을 잃은 채로 오크의 사체만을 바라봤다.

"뭐, 친구의 죽음에 대한 분노로 그런 것일지도 모르니까 내가 너무 과민 반응을 하는 걸지도 모르지. 안 그래? 자, 돌아가자. 나머지 사람들은 몬스터의 사체를 정리하고."

씨익 웃으면서 일어서는 무열.

"네, 알겠습니다."

하지만 그 누구도 그가 말한 과민 반응이라는 단어를 인정하는 사람은 없었다.

"저 사람이 트라멜의 성주인가……."

"생각보다 어린데?"

"거기에 신의 축복이 있다고 하던데. 하나같이 강한 사람들 같았어. 안 그래?"

"맞아, 이참에 우리도……."

무열의 부대는 갈만 부락에서 하룻밤을 야영하기로 했다. 마을에 있는 사람들이 부담스럽지 않도록 떨어진 곳에 막사를 세웠지만 이들의 관심사는 어쩔 수 없이 무열이었다.

　"어떻게 하실 생각이십니까?"

　"음? 뭘?"

　"아까 그 여자아이 말입니다. 최은별⋯⋯? 이라고 했던 아이. 주군의 말씀대로 뭔가 감추고 있는 게 분명합니다."

　"응, 알아."

　"네?"

　막사 안에는 몇 개의 촛불만이 어둠을 밝히고 있었다. 무열의 앞에 선 오르도 창은 그의 태도가 이해가 가지 않는다는 듯 고개를 갸웃거렸다.

　"내가 굳이 알려고 하지 않아도 된다는 소리야. 우리 부대엔 지금쯤 나 못지않게 궁금해할 녀석이 있으니까."

　"⋯⋯그게, 아⋯⋯."

　오르도 창은 그제야 이해를 했다는 듯 고개를 끄덕였다.

　"하긴 그렇겠군요."

　그러고는 가볍게 웃으며 무열에게 말했다.

　"편히 쉬십시오."

사그락……. 사그락…….

어둠 속에서 풀이 움직였다. 하지만 아주 미세한 소리여서
보초를 서고 있는 병사들은 그 소리를 듣지 못했다.

'제길…… 뭐야? 갑자기 튀어나와서는…… 이상한 인간들
때문에 완전히 망쳤잖아.'

어둠 속에서 병사들의 위치를 살피면서 조금씩 움직이는
무언가. 어쩐지 야밤을 틈타 이동하는 것이 무척이나 익숙한
모습이었다.

"어딜 그렇게 가는 거야? 이 야밤에?"

"……!!"

그때였다. 노련하게 이동하던 움직임이 멈췄다.

나무 뒤에서 나타난 또 하나의 인영(人影).

"바쁜가 봐?"

팔짱을 낀 채로 나타난 사람은 다름 아닌 최혁수였다.

"선미 누나한테 들으니까 열여덟이라고 하던데."

그는 씨익 웃으며 놀란 표정의 은별을 바라보며 말했다.

"어디…… 동갑끼리 얘기 좀 하지?"

"뭐야? 넌? 난 할 말 없어."

갑작스러운 그의 등장에 놀랐지만 이내 곧 그녀는 앙칼진

목소리로 말했다.

"에이…… 그래?"

그러자 최혁수는 고개를 끄덕였다.

"하지만 하고 싶어질 텐데."

"……뭐라고?"

그러고는 그는 은별의 발아래를 손가락으로 가리켰다.

"그대로 움직이지 않는 게 좋을 거다. 네 발밑에 진법, 조금만 발을 떼도 그대로 발동할 거니까."

은별은 최혁수의 말에 자신도 모르게 고개를 떨구었다. 이따금 구름에 가려졌던 달이 얼굴을 내비치는 순간, 그녀의 표정이 굳어졌다.

발아래 깔린 다섯 개의 쐐기.

탁.

최혁수가 손가락을 튕기자 순식간에 바닥에 균열이 생기면서 은별의 주위를 감싸듯 두꺼운 흙벽이 생겨났다.

"……!!"

땅의 진법, 토룡(土龍).

은별의 뒤를 막아버린 흙벽은 오로지 최혁수로 향하는 길만을 남겨두었다.

꿀꺽.

긴장한 것일까. 그녀가 침을 삼키는 소리가 아주 크게 들리는 것 같았다.

하지만 아직도 자신의 발밑에 남아 있는 쐐기가 네 개나 더 있다는 걸 본 그녀는 이를 악물며 말했다.

"이게 무슨 짓이지?"

"그러는 너야말로 무슨 짓이지?"

"뭐?"

그 순간, 최혁수의 눈매가 날카롭게 변했다. 같은 사람이라고 생각하지 못할 정도로 장난기 가득했던 지금까지의 모습과는 전혀 다른 얼굴.

그가 최은별을 향해 말했다.

"마을 사람들을 몰살시키려고 했던 이유."

"무슨…… 헛소리야!! 이거 안 없애?"

"싫은데."

토룡의 벽에 가로막힌 은별은 자신의 앞에 있는 최혁수를 향해 노려보며 소리쳤다.

"그렇게 시끄럽게 하면 좋지 않을 텐데. 병사들이 알아차리면 어떻게 하려고?"

"알아차리라고 일부러 이런 거 아냐?"

그녀는 흙벽을 손등으로 툭 치면서 최혁수에게 말했다.

"그럴 리가."

휘이이익———!!!

그 순간, 은별의 짧은 머리가 바람에 흔들렸다. 자연적으로 부는 바람이 아닌 인위적인 것이라는 것을 느낀 그녀가 최혁수를 바라봤다.

"바람은 생각보다 더 많은 것을 할 수 있거든."

원래대로라면 솟아난 흙벽 소리에 병사들이 당장에라도 달려왔어야 했다. 그러나 그들은 여전히 아무것도 눈치채지 못한 듯 그저 앞만 바라보고 있었다.

게다가 지금 보니 하늘이 마치 안개라도 낀 듯 뿌옇게 변해 있었다.

"풍진(風塵). 옅은 바람의 벽을 미리 만들어 놨지. 소리를 차단하는 건 물론이거니와 완벽하진 않지만 이 정도 어둠 속이라면 시야를 가리는 것도 할 수 있지."

최혁수는 은별을 향해 씨익 웃으면서 말했다.

"어때? 꽤 재밌지?"

"환술사 직업을 선택한 사람이 있을 줄은 몰랐는데. 너도 보통내기는 아니었네."

"그럼, 당연하지. 트라멜의 사람 중 어중이떠중이는 없거든."

어깨를 펴면서 말하는 그의 모습을 보며 은별은 고개를 갸웃거렸다.

"엄청 자부심이 있어 보이는데…… 강무열이란 남자, 어떤 사람이지?"

그를 따르는 500여 명의 병사의 모습을 봤다. 일상생활을 하다 갑자기 이곳으로 끌려온 일반 사람들이 아닌 그 모습은 정말로 군인이었다. 그것도 지금까지 보지 못한 체계가 잡힌 모습.

세븐 쓰론에 징집된 지 약 1년. 최은별은 지금까지 꽤 많은 곳을 돌아다녔다고 자부하지만 그 정도로 훈련이 된 병사들은 보지 못했다.

"질문을 할 입장이 아닐 텐데?"

하지만 은근슬쩍 말을 돌리려고 하는 그녀의 생각을 눈치챈 듯 최혁수는 오히려 콧방귀를 뀌며 말했다.

"그래? 그런데 어쩌지? 내가 이대로 널 뚫고 간다면? 환술사라면 근접전에 약하다는 건 모두가 알고 있는 사실인데."

그녀는 조용히 자신의 스몰 소드(Small Sword)를 뽑았다.

'이 정도 흙벽의 높이라면 충분히 뛰어 넘을 수 있어. 저번에도 환술사를 상대해 봐서 잘 알지. 녀석들은 겁만 조금 주면 가까이 못 오거든.'

자신만만한 표정으로 최혁수를 바라보는 그녀.

"……!!"

하지만 그 순간, 오히려 그녀가 움직이기 전에 최혁수가 먼저 선수를 치듯 달렸다.

"뭐, 뭐야?!"

화들짝 놀라며 자세를 고쳐 쥔 은별은 달려오는 그를 막으려고 했다.

딱.

일직선으로 되어 있는 토롱의 벽을 따라 달리던 최혁수가 손가락을 튕기자 그녀의 양쪽을 가리고 있던 벽에서 갑자기 돌기둥이 튀어나왔다.

"컥……!!"

생각지도 못한 공격.

그녀의 옆구리를 가격하는 두꺼운 돌기둥은 하나가 아니었다.

최혁수는 자신의 품 안에서 둥근 보옥을 꺼내어 깨뜨렸다. 그러자 마치 돌기둥들이 살아 있는 것처럼 그녀의 급소를 노렸다.

"크윽!"

가까스로 돌기둥들을 막으면서 그녀는 뒤로 물러섰다. 아니, 뒤로 물러서려 했다.

"……!!"

갑작스러운 공격에 잊고 말았다. 자신의 등 뒤는 이미 흙벽으로 막힌 막다른 길이라는 것을.

"젠장."

최은별은 이를 악물며 자신을 향해 튀어나오는 돌기둥에

스몰 소드를 박아 넣었다.

평범한 사람이었다면 여기저기 그물처럼 튀어나오는 돌기둥에 가로막혔을 것이다.

카아앙---!!!

하지만 놀랍게도 그녀는 얽히고설킨 돌기둥의 틈을 정확히 노려 그 사이에 검을 밀어 넣으며 공간을 만들어냈다.

"……!!!"

최혁수는 그 모습에 놀라지 않을 수 없었다. 단순한 눈썰미로만 가능한 일이 아니다.

은별은 박아 넣은 스몰 소드를 발판으로 삼아 있는 힘껏 뛰어올랐다. 그의 머리 위를 넘어 흙벽의 옆면을 밟아 지그재그로 가로지르며 최혁수의 뒤로 그녀가 착지했다.

"흥, 잘 있어라!"

그대로 뒤로 달려가려던 그녀를 돌아보지도 않은 채 최혁수가 말했다.

"아 참, 내가 이번에 새롭게 얻은 진법이 있거든."

딱.

그 순간, 도망치려던 최은별의 발아래로 날카로운 낙뢰가 떨어졌다.

"꺄아악……!!"

자신도 모르게 비명이 터져 나왔다.

콰각!!

콰가가각……!!!

하늘에서 떨어지는 낙뢰가 조금 전 그녀의 발밑에 남아 있던 4개의 쐐기에 정확히 꽂혔다.

연속으로 쏟아지는 뇌격(雷擊)에 최은별은 결국 중심을 잃고 넘어졌다.

"큭……!!"

쓰러진 그녀의 앞에서 최혁수는 기다렸다는 듯 품 안에서 보옥을 꺼냈다.

초열의 보옥.

구슬 안에서 마치 화염이 살아 있는 것처럼 일렁이고 있었다.

그는 씨익 웃으며 최은별을 향해 말했다.

"열흘 동안 지옥에서 살아보면 환술사도 싸우는 법을 터득하는 법이거든."

그때였다.

"거기까지. 최혁수."

초열의 보옥을 던지려는 찰나 흙벽 위에서 들려오는 익숙한 목소리.

"허허, 후방에서 지원만 하다가 스트레스가 쌓인 건 알지만 조금 과했습니다."

최혁수가 고개를 들자 벽 위로 무열과 라캉 베자스가 서 있었다. 그러자 그는 고개를 저으면서 말했다.

"뭐, 아까 일을 생각하면 네가 가만히 있진 않을 거라고 추측은 했지만 진법까지 만들어 놨을 줄은 몰랐는걸."

무열은 피식 웃으며 말했다.

예상대로였다. 호기심이 많은 그의 성격이라면 당연히 최은별을 예의 주시하고 있을 것이라 생각했으니까.

최혁수는 그를 바라보며 어깨를 들썩이며 말했다.

"환술사가 당연히 진법으로 싸워야죠. 뭐로 싸우겠어요. 제 덕분에 도망치려던 걸 잡았으니 고마운 줄 아시라구요."

"훗, 그런가."

"그건 그렇고. 와…… 뭐야, 설마 지금 풍진을 뚫고 오신 거예요? 이것 참…… 진법이 파괴되는 걸 눈치도 못 챘는데."

그는 아직까지 유지되고 있는 풍진을 보며 기가 차다는 표정으로 무열에게 말했다.

"파괴하지 않았다. 진법이 파괴되면 그 소리에 아마 자고 있는 사람이 모두 깼을 테니까."

"에……? 그럼?"

무열은 대답 대신 검을 들어 그에게 보였다.

"설마…… 풍진을 벴다고요?"

"비슷하지만 다르지. 그냥 약간의 틈을 만든 정도니까. 쐐기를 파괴하면 안 돼서 말야."

"허……."

바람의 벽을 갈라 틈을 만든다?

남들이 보면 그 말 자체도 믿기 어려운 일일 것이다. 그러나 최혁수는 의심보다 오히려 황당하다는 표정이었다.

"뭐…… 대장이라면 그러고도 남죠."

하지만 의외로 수긍이 빨랐다.

사실, 그는 열흘간 트라멜의 주변에 있는 던전을 집중적으로 공략하는 과정에서 이미 상식을 깨뜨리는 그의 검술을 지겹도록 경험했기 때문이다.

"친구끼리 있으면 조금 말이 편하게 나올 거 같았는데 아닌가 보지? 오히려 치고받고 싸우고 있으니 말이야."

"친구는 얼어 죽을……. 무슨 짓을 할 셈이지?"

"무슨 짓이라니. 우린 아무 짓도 하지 않는다. 네가 원한다면 마을을 떠나도 괜찮다."

"……뭐?

생각지 못한 무열의 말에 최은별이 눈을 동그랗게 뜨며 물었다.

"대장, 그게 무슨 말이에요!"

"단지 한 가지만 확인할 것이 있다."

무열이 고개를 위로 들자 라캉 베자스가 앞으로 천천히 다가갔다. 그녀는 자신의 옷을 가리며 그를 노려보며 말했다.

"뭐, 뭐야!"

"실례."

촤아악———!!!!

"꺄악!!"

라캉 베자스는 있는 힘껏 최은별의 블라우스를 잡아당겼다. 위쪽 단추가 뜯어지며 그녀의 도드라지는 쇄골과 하얀 피부가 드러났다.

"이게 무슨 짓이야!!"

"추행을 하려고 하는 건 아니다. 아래는 네가 잡고 있어서 뜯어지지 않았으니까."

"이미 충분히 추행이거든? 지구였으면 감방행이야, 이 쓰레기들아!!"

"허, 허허."

라캉 베자스는 최은별의 말에 할 말이 없다는 듯 헛웃음을 지었다. 전 세계에 몇 개나 되는 지부를 가지고 있는 내로라하는 무역 회사의 CEO인 그가 쓰레기라는 소리를 듣게 되다니 말이다.

하지만 그럼에도 그는 개의치 않은 것 같았다. 아니, 오히려 자신의 행동이 만족스러운 듯 고개를 끄덕였다.

"예상대로입니다."

"그렇습니까."

라캉 베자스는 가만히 최은별의 목을 바라봤다.

"이 아이, 전투 클래스가 아닙니다."

"그럼……?"

라캉 베자스는 최은별의 목에 걸린 작은 세 개의 별 모양이 그려진 목걸이를 잡았다.

흠칫.

그러자 그녀는 자신도 모르게 어깨를 움츠렸다. 살짝 떨리는 불안한 눈빛.

라캉 베자스는 그 얼굴을 바라보며 흥미롭다는 표정으로 말했다.

"저와 같은 상인 클래스입니다."

"네? 설마요."

최혁수는 그의 대답에 믿을 수 없다는 듯 되물었다. 조금 전 그녀와 일전을 벌였으니까. 자신의 공격을 막고 오히려 도망을 치려고 했던 그녀는 B랭크 던전을 함께 클리어했던 50명의 정예병과 비교해도 손색이 없을 수준이었다.

"뭐…… 상인 클래스에도 여러 가지가 있으니까요. 저 같은 경우는 교역과 제도 스킬을 가진 정치 상인(Political Merchant)이란 클래스입니다. 전투보다는 정말 상인에 특화된 직업이죠."

무열은 라캉 베자스를 바라보며 고개를 끄덕였다.

몬스터들이 즐비한 이 대륙에선 살아남는 것이 가장 중요하다. 그런 상황에서 라캉 베자스와 같은 직업을 선택할 정도로 대범한 사람은 거의 없다. 그렇기 때문에 그가 최초의 교섭술(Negotiation Skill)을 발견할 수 있었던 것일 수도 있다.

"하지만……."

라캉 베자스는 최은별 바라보며 말했다.

"직접 몸으로 뛰는 상인들도 존재하는 법이죠."

"……."

그의 말뜻을 알아차린 것일까.

그녀는 고개를 돌리며 시선을 피했다.

"그럼 최은별의 직업을 뭔지 알 수 있을까요."

"네, 상인 클래스를 선택하게 되면 증표를 받게 됩니다. 바로 이 목걸이."

라캉 베자스는 자신의 목에 걸린 최은별과 똑같은 목걸이를 무열에게 보였다.

다른 점이 있다면 그녀의 목걸이의 펜던트가 별 모양이 세 개라면 그의 것은 다섯 개라는 점이었다.

"별 세 개짜리 목걸이. 제 정치 상인이라는 직업만큼이나 특수해서 거의 고르지 않는 직업입니다만…… 아마도 그녀의 직업은 운반업자(Transporter)일 겁니다."

무열이 최은별의 안색을 살폈다. 그녀의 표정을 봐서는 아무래도 라캉 베자스의 말이 정확한 듯 보였다.

"운반업자……? 그런 클래스도 있어요?"

생산 클래스 중의 하나인 상인(Merchant) 계열에 대해서는 전무한 최혁수는 라캉의 말에 인상을 찡그리며 되물었다.

"운반업자……. 그렇군."

"설마 상인 클래스에 대해서도 아십니까? 이것 참, 무열 님은 정말 모르는 게 뭔지 궁금할 따름이네요."

보통의 반응은 최혁수와 같아야 했다. 하지만 무덤덤하게 라캉 베자스의 말에 고개를 끄덕이는 무열의 반응에 그는 놀랍다는 표정을 지었다.

"그게 뭘 하는 직업인데요?"

"말 그대로입니다. 운반을 하는 사람이죠. 하지만 일반적인 교역과는 조금 다릅니다. 운반업자들은 뭐든지 운반을 하니까."

밀수와 밀항. 심지어 그 이상의 것들까지.

운반업자라는 클래스는 무척이나 특이하다. 하지만 그만큼 유명하기도 했다. 암살자들과 함께 대륙에서 가장 은밀하고 광범위한 영역에서 활동을 한 또 하나의 직업이었으니까.

그리고, 이 직업을 수면 위로 떠오르게 한 일대의 사건.

갈까마귀의 진아륜이 대륙에서 가장 큰 정보 단체인 이클립스(Eclipse)를 설립하는 데 혁혁한 공신인 한 사람, 바이칼 가르나드.

그가 바로 그녀와 같은 운반업자(Transporter)였기 때문이다.

"뭐든지 다요?"

최혁수는 신기한 듯 라캉 베자스에게 물었다.

"네, 이들은 물건이든 사람이든 가리지 않고 뭐든지 옮깁니다. 물론, 그에 대한 충분한 돈만 준다면 말이죠."

무열은 팔짱을 낀 채로 천천히 나지막한 소리로 말했다.

"몬스터까지?"

그의 물음에 라캉 베자스는 의미심장한 표정으로 고개를 끄덕이며 다시 한번 말했다.

"뭐든지."

41장
인간과 몬스터

"진짜 놀랐네. 몬스터 몰이를 한 게 고작 마석 때문이라니……."

부락에서 조금 떨어진 막사 밖.

최혁수는 문을 걸어 나오면서 질린다는 표정으로 고개를 절레절레 저었다.

"뭔가…… 이유가 있었겠죠."

"에이, 저거 봐요. 눈썹 하나 까딱하지 않고 또박또박 대답하는 거. 보통내기가 아니라니까요."

그는 막사의 창문을 가리켰다.

안에는 야밤을 틈타 도망을 치려 했던 최은별이 있었는데, 그녀는 오히려 당당하게 고개를 빳빳이 들고선 무열을 바라보고 있었다.

"정말 마석을 얻기 위해서 몬스터들을 마을로 몰아왔다는 말이냐."

"그렇다면?"

라캉 베자스는 아무리 그래도 믿을 수 없다는 듯 고개를 저으며 최은별을 바라봤다.

"그래서? 당신들이 날 판단하기라도 하겠다는 거야? 무슨 권리로? 그거야말로 힘이 있으니 마음대로 하겠다는 것과 뭐가 다르지?"

"나 참, 사람들을 죽이려고 했으면서 미안한 마음 따윈 없나 보군."

사람 좋은 성격인 강찬석조차 최은별의 행동을 듣고 난 뒤 시종일관 차가운 눈빛으로 그녀를 바라봤다.

"혹시 그 퀘스트라는 건 아닐까요."

오르도 창 역시 기껏해야 열여덟의 소녀가 아무렇지 않게 한 부락을 몰살시키려는 이유가 고작 마석 때문이라는 것이 믿기지 않는 눈치였다.

"퀘스트였을 수도 있지."

"으흠…… 역시. 그렇다면 어쩔 수 없는…….."

"조금 전에 자기 입으로 말했잖아. 마석을 모으는 게 퀘스트라고. 라캉 베자스가 말한 것처럼 저 아이, 어쨌든 상인 클래스이니까."

"네?"

오르도 창은 무열의 말에 살짝 놀란 표정으로 두 사람을 번갈아 가면서 바라봤다.

"PK를 통한 마석 획득 역시 마석을 모으는 방법 중의 하나입니다. 어쩌면 단시간에 더 많은 마석을 모을 수도 있는 고효율의 방법이라 할 수도 있죠."

라캉 베자스는 무열의 말에 고개를 끄덕였다.

확실히 그럴 수 있다. 전투 능력이 낮은 생산 클래스의 사람들은 사냥 대신에 자신의 아이템을 만드는 데 성공하면 그에 대한 보상으로 마석을 얻는다.

즉, 생각했던 것 이상으로 생산 클래스들 역시 보유하고 있는 마석의 양이 많다.

"……."

최은별은 무열의 말에 대답 대신 고개를 돌렸다.

"하지만 어떻게 그런……."

"이봐, 설마 지금 나한테 인간으로서 도리가 아니라는 말을 하고 싶은 거야?"

라캉 베자스는 오히려 쏘아붙이듯 말하는 그녀의 태도에 할 말을 잃고 말았다. 그 역시 같은 상인이지만 그녀와는 너무나도 다른 길을 걸었기 때문이다.

'이런 아이도 있군.'

쌉쌀한 마음을 감출 수 없었다. 자신이 걷는 길이 올곧으며 완벽하다고 할 순 없다.

그리고 그가 상인 클래스를 선택한 이유는 세븐 쓰론에 징집되기 이전 그는 무역 회사의 CEO였기 때문이다.

자신이 가장 잘할 수 있는 것으로 이 세계에서 살아남겠다는 의지도 있었지만, 그와 더불어 현실에서의 자신을 잃고 싶지 않아서이기도 했다.

검을 쥐고 몬스터를 사냥하는 그런 현실감 떨어지는 일들에 익숙해지다가는 오히려 본연의 자신을 잃어버릴 것 같은 두려움.

'저 아이도 원래대로였다면 평범하게 친구들과 학교를 다니던 여고생이었을 텐데.'

모래를 씹은 것 같은 기분이었다.

신의 장난으로 인류가 이곳으로 옮겨짐에 인류의 모든 생활이 바뀌었다.

라캉 베자스는 어쩌면 현실에서의 자신을 유지하려는 노력도 그가 어른이기 때문에 할 수 있는 것일지도 모른다는 생각이 들었다.

"왜 그렇게 날 보지?"

최은별은 침묵하는 사람들을 훑어보고는 매서운 눈빛으로 말했다.

"그렇게 물러 터져서 아직까지 살아 있는 게 신기하네. 이 세계에서 그런 윤리 따위를 생각하는 게 더 웃긴 거 아냐?"

"어린아이가 못 하는 소리가 없구나."

같은 상인 클래스를 만나서일까. 라캉 베자스는 스스로 자신의 입지를 좁게 만드는 최은별의 말을 끊으려고 했다.

하지만 그녀는 오히려 그의 말에 더욱 언성을 높였다.

"못 하는 소리? 흥, 그럼 당신은? 이따위 세계에서 어른이라서 우리에게 해준 게 뭔데?"

지금까지 차가운 태도를 유지하던 그녀의 입에서 어쩐지 처음으로 감정이 실린 목소리가 튀어나왔다.

가시 돋친 그녀의 말에 라캉 베자스뿐만 아니라 다른 사람들도 할 말을 잃고 말았다.

최은별은 입술을 깨물었다. 붉은 입술 위로 더욱 붉은 핏방울이 맺혔다.

라캉 베자스의 말이 그렇게 화가 날 말이었을까?

오히려 과민 반응이라 할 정도로 격한 모습이라 사람들은 의아했다.

"내 동생은 세븐 쓰론에 오자마자 몬스터에게 잡아먹혔어. 그리고 내 언니는 산채에서 괴물보다 못한 쓰레기들에게 놀잇감이 되어 죽었지."

"……."

"……."

"눈앞에서 그런 걸 보고도 과연 도리 같은 허무맹랑한 소리가 나올까? 웃기지 마. 몬스터나 인간이나 똑같아."

그녀는 말을 마치더니 다시 고개를 저으면서 아직도 앙금이 남은 목소리로 말했다.

"아니, 도대체 인간이 몬스터보다 나은 점이 뭔데?"

"그건 억측이다."

"눈앞에 가족이 죽어가는 걸 봐도 그런 소릴 할 수 있을까? 그런데……. 난 그걸 보고도 도망쳐 나왔어. 왜? 살려고 말이야! 빌어먹을……!"

무열은 그녀의 눈동자를 바라봤다.

"차라리 몬스터들은 한입에 삼키기라도 했지. 그놈들은 인간으로서는 해서는 안 될 짓을 한 것도 모자라 마지막엔 재미 삼아 팔 하나, 다리 하나, 손가락 마디마디 힘줄 하나까지 부러뜨리고 잘라내면서 잔인하게 즐기다가 사람을 죽였어."

최은별의 말에 조금 전 다그치던 사람들은 더 이상 아무런 말을 하지 못했다.

"도대체…… 거기에 무슨 윤리가 있고 도덕이 있지?"

"크흠……."

막사 안은 침묵이 흘렀다.

다만, 밖에서 이런 얘기를 듣던 최혁수만이 그녀가 했던 말을 곱씹으면서 생각했다.

'산채…….. 설마 이정진인가.'

참으로 악연이 아닐 수 없었다.

'제길…….'

그 당시 그를 끝내지 못하고 피할 수밖에 없었던 상황이 지금으로서 너무나도 안타까웠다. 어쩌면 그녀의 언니를 죽지 않게 할 수도 있었을지 모른다.

'그런 일이 있을 줄은 몰랐네…….'

최혁수는 안타까운 눈빛으로 조용히 최은별을 바라봤다.

하지만 후회해 봤자 소용없다. 게다가 그가 있었던 산채는 이미 흑암으로부터 폐허가 되지 않았던가.

'복수를 해야 한다면…… 도와주지.'

자신 때문에 도망치던 그녀가 잡혔기 때문일까. 아니면 다른 이유에서일까.

최혁수는 계속해서 몇 번이나 그녀에게 시선을 가져갔다 뗐다를 반복했다.

'일단 거짓말은 아닌 것 같은데.'

무열은 그녀를 조용히 바라봤다.

그녀의 말 하나하나엔 확실히 감정이 실려 있었다. 혹여 그녀의 말이 거짓말이라면 지금만큼은 참으로 탁월한 배우가 아닌가 싶을 정도였다.

"나는 내가 살기 위해서 능력을 이용하는 것뿐이야. 이런 내가 뭐가 잘못됐는데? 당신들의 기준으로 날 판단하지 마."

"넌 살인을 하려고 했다."

"지금도 어딘가에서 살인은 일어나고 있어. 사람의 목숨을 장난감처럼 여기는 놈이 셀 수 없을 정도로 많지. 그렇다면 차라리 내가 나은 거 아냐? 나는 적어도 싸우든 도망치든 선택할 수 있는 기회는 주니까."

최은별은 콧방귀를 뀌며 오르도 창의 말을 비웃었다.

"이봐."

그때였다. 막사 안에서 취조가 시작된 후 처음으로 무열이 입을 열었다.

"그렇게 마석을 모아서 뭘 할 생각이지?"

"당신들도 상인 클래스가 있으니 알 텐데? 이곳은 돈 대신 마석을 쓰지. 그리고 이제 곧 '상점'이 열린다는 걸."

최은별이 무열을 향해 말했다.

"……상점?"

몇몇 사람은 그녀의 말에 서로를 바라봤고 라캉 베자스는 당혹스러운 표정을 지었다.

"헤……? 뭐야, 거점 상점에 대한 걸 모르는 건가? 저 아저씨, 당신 부하 아냐? 이것 봐. 역시 인간 사이에서 믿음 따원……."

"알고 있다. 앞으로 한 달 뒤에 생길 무인 상점. 상인 클래스에게만 알려진 비밀 정보라는 것도."

비아냥거리려던 최은별의 말을 무열이 단번에 잘랐다.

"모든 정보를 공유한다고 믿음이 생기는 건 아니다. 비밀이란 단어의 뜻을 모르진 않겠지. 우리 역시 혼란을 대비해서 몇몇 사람만 정보를 공유하고 있을 뿐이다."

그의 말에 최은별 못지않게 라캉 베자스 역시 놀란 표정이었다.

"거점 상점을 대비해서 마석을 모은다고? 거기서 뭘 파는지 어떻게 알고? 꼭 사야 할 물건이라도 있는가?"

무열은 처음 거점 상점이 생겼을 때를 떠올려 봤지만 이렇다 할 특이점이 기억나진 않았다.

'대부분 너무 많은 마석이 필요해서 거의 살 수 없는 물건들뿐이었는데…….'

게다가 이렇게까지 목숨을 걸고 마석을 모아서 살 만한 물건은 없었다.

"그건……."

최은별은 뭔가를 말하려다가 말았다. 아직도 숨기는 것이 있는 듯 보이는 그녀의 모습.

그 모습에 무열이 다가가며 말했다.

"그럼, 내가 이제 널 죽이면 아주 손쉽게 마석을 얻을 수 있겠군."

"……."

"얼마나 모았지? 네 배를 가르면 최소 상급 마석 몇 개 정도는 나올 수 있을까?"

무열이 손가락으로 최은별의 옆구리를 쿡 찔렀다. 그러자 그녀의 어깨가 파르르 떨렸다.

"여기에서 이렇게."

"큭……!"

손가락이 옆구리를 타고 배꼽까지 도달하자 최은별은 자신도 모르게 마른침을 삼켰다.

"너, 복수를 하고 싶은 거냐 아니면 도망친 자신이 싫은 거냐."

"……뭐?"

무열이 그녀의 배에 닿았던 손을 떼며 말했다.

"복수의 상대를 잘못 골랐다. 너는 그저 화풀이를 하고 있을 뿐이야, 자신에게."

"당신이 뭘……."

그때였다. 무열이 막사의 문을 확 하고 젖혔다. 그 앞에 서 있던 최혁수와 윤선미가 덩달아 깜짝 놀라며 옆으로 피했다.

어둠이 내리깔려 있던 하늘은 서서히 밝아오고 있었다.

여전히 부락을 밝히고 있는 불빛들.

어제 그런 소동이 있었음에도 불구하고 부락의 사람들은 똑같이 새벽부터 분주하게 움직이는 듯 몇몇 사람의 목소리가 들렸다.

"저들이 없어지는 것이 너에게 복수가 될까."

"저들이 살아 있다고 해서 내게 득이 되는 건 없어."

최은별은 마지막까지 심술 맞은 목소리로 말했다. 하지만 처음보다는 풀이 죽은 모습이었다.

사실은 알고 있다. 자신의 행위가 정당화될 수 없다는 걸.

하지만 열여덟이라는 소녀가 살아남기 위한 발악은 그런 정당성보다 치열함만을 강요했다.

"최은별."

무열이 그녀의 머리에 손을 얹었다.

"나도 너만 한 동생이 있다. 세븐 쓰론에 징집된 이후 아직 보지 못했지. 하지만 내 동생이 너와 같은 모습으로 있길 바라지 않는다."

측은함.

그 이유를 알았다. 단순히 어리고 예쁜 소녀라서가 아닌 자신의 여동생과 겹쳐 보이기 때문이었다.

"그리고."

그가 그녀의 머리 위에 얹은 손을 움직여 장난스럽게 머리카락을 흐트러뜨리며 쓰다듬었다.

움찔.

최은별의 어깨가 가볍게 떨렸다.

"상인이라면 좀 더 거짓말을 잘할 줄 알아야 할 거다. 운반 업자는 특이한 직업이다. 선택하는 사람이 거의 없기도 하지 만 제대로 활용할 수 있는 사람도 드물지."

이클립스를 이끌었던 바이칼과 같은 직업.

"어쩌면 네가 할 수 있는, 아니, 해야 할 일이 많을지도 모른다. 내게 있어서."

"……네?"

"그 능력을 죽이는 데 쓰지 마라."

그녀가 고개를 들어 무열을 바라봤다.

"자신의 손에 피를 묻히기 싫어 몬스터를 끌고 오는 짓도 하지 마라."

"그, 그게 무슨……."

생각지도 못한 무열의 말에 최은별은 당황한 듯 말했다.

"따라와라."

"어디를……?"

"조금 계획이 틀어졌지만 지금 당장 출발한다."

무열이 강찬석을 바라보며 말했다.

"네가 안내해라. 친구의 복수, 우리가 해주지."

"……!!"

"동이 트는 아침이면 이 땅을 밟고 서 있을 오크는 없을 것이다."

순간, 최은별은 가슴이 덜컥 내려앉는 기분이었다.

마을 사람들을 죽이려고 했던 자신이다. 부락을 몰살시키려는 것도 모자라 오히려 잘못이 없다는 듯 당당하게 말했다. 그렇게 해야 이 세계에서 살아남을 수 있는 것이라 생각했으니까.

"너에게 보여주지. 이 세계에서 진정으로 몬스터를 상대하는 방법과 인간을 상대하는 방법이 뭔지."

무열은 강찬석과 라칸 베자스에게 한 번씩 눈길을 주었다.

"맡겨주십시오."

"42거점에 대한 책략은 이미 준비해 놨습니다."

그가 말하려는 의미를 안 두 사람은 가볍게 고개를 끄덕였다.

툭.

무열이 그녀의 등을 밀었다. 앞으로 한 발자국, 자신도 모르게 나아간 그녀.

"두 눈으로 직접 보고 스스로 판단해라."

"후우……."

코를 찌르는 듯한 악취에 칸 라흐만은 자신도 모르게 손으로 틀어막았다.

"이거야 원, 심각하군."

부패한 시체는 형체를 알아볼 수 없을 정도로 뭉개져 있었다.

"도대체 어떤 정신 나간 녀석들이⋯⋯."

트라멜을 떠난 지 이제 약 한 달이 지나갈 때쯤이었다.

최혁수를 도와 던전 공략을 끝으로 칸 라흐만은 가장 먼저 다시 한번 북쪽 숲을 향해 갔다.

길을 따라 쭉 내려가면 대륙을 관통하는 거대한 강인 포스나인이 흐르고 그 강을 기점으로 두 개의 줄기가 더 있다.

하나는 북쪽에서 흘러 중앙으로 이어지는 42거점이 있는 강이며, 나머지 한쪽은 포스나인에서 남부 지역으로 흐르는 타투르 운하였다.

칸 라흐만은 대륙을 관통하는 이 세 개의 강을 기점으로 움직이고자 했다. 그중에서 그가 선택한 것은 타투르 운하가 있는 인공(人工) 섬 타투르였다.

거대한 두 개의 강이 합쳐지는 곳임과 동시에 북부 7왕국의 강력한 주인 중 한 명, 여제(女帝) 수잔 수아르가 통치하는 곳이었다.

'지리적인 여건상 이곳은 각종 정보가 몰려드는 곳이다. 게다가 수잔 수아르는 전(前)대 낚시꾼과도 은밀한 관계를 취하

고 있었을 정도로 정보를 중요시하는 여자였고…….'

다른 7왕국과 달리 강이 흐르는 운하 한가운데 세워진 인공섬은 규모는 작지만, 그 대신 특이하게 토착인과 외지인의 구분을 하지 않고 모두를 수용하는 곳이기도 했다.

'말 그대로 빠르게 움직일 수 있는 강을 통해 정보를 사고팔며 왕국을 유지하는 거지.'

마석만 충분하다면 그곳에서 얻지 못할 정보는 없었다. 물론, 낚시꾼인 칸 라흐만에게만 적용되는 일이긴 하지만 말이다.

'그곳에 가서 푸른 사자들의 대한 정보와 함께 베이 신과 휀 레이놀즈의 동태, 그리고 남부 일대의 전황까지 수집하려고 했는데…….'

칸 라흐만은 폐허가 된 집 벽 뒤로 몸을 숨겼다.

'여기서 저 녀석들을 만날 줄이야.'

타투르를 향해 가는 길목 어귀.

포스나인을 지나 조금 더 내려오면 있는 작은 마을을 아는 사람은 그렇게 많지 않다. 길목에 있는 것도 아니고 숲 안쪽으로 특히 들어가는 길도 쉽지 않아 외지인이라면 더더욱 알 수가 없는 곳이다.

그런 곳을 칸 라흐만이 아는 이유. 바로 그가 이곳에서 낚시꾼이라는 유니크 클래스를 얻었기 때문이다.

우연이라지만 어쨌든 찾게 된 이곳에서 스승을 만나 직업까지 얻었으니 이보다 더 큰 기연은 없을 것이다. 아니, 어쩌면 그 기연보다 더한 악연이 지긋지긋하게도 따라오고 있는 것일지 모른다. 이곳에서 저들을 만났으니 말이다.

"읍……!"

허리를 숙이자 다 뭉그러진 시체가 자신을 바라보고 있었다.

'진짜…… 심각하군.'

하마터면 깜짝 놀라 소리를 지를 뻔했다. 냄새 때문에 입을 막고 있었던 게 다행이었다.

"모두 끝났습니다."

"수고하였습니다."

"이거, 정말…… 대단하군요."

"만족하셨다니 다행입니다. 저희들 역시 신의 뜻을 집행하는 것에 일조할 수 있어 기쁩니다."

말소리가 들렸다.

칸 라흐만은 싫지만 더욱더 시체에 가까이 몸을 숙였다.

"당신의 위업이 곧 가까워졌음을 알 수 있습니다."

"역시……. 신에 가장 가까운 종족이라 그런지 그것까지 느껴지십니까."

"물론입니다."

옅은 하이톤의 목소리. 그 목소리는 약간 격양되어 있었다.

'라엘 스탈렌.'

두 사람의 목소리 중 하나는 익히 잘 알고 있는 것이었다.

칸 라흐만은 살짝 고개를 들어 앞을 바라봤다.

그녀의 옆에 있는 한 사람. 은쟁반에 옥구슬이 굴러가는 것 같이 아름다운 음색은 평범히 대화를 하고 있는 것임에도 불구하고 노래를 부르는 것 같은 선율이 느껴졌다.

마치, 이 세계의 것이 아닌 것 같은 느낌.

"이곳에 와서 조금은 난감했는데 '영혼 샘'을 쓸 수 있게 해주셔서 저희야말로 감사할 따름입니다."

영혼 샘.

푸른 사자의 수장인 라엘 스탈렌이 신에게 받은 세 가지 능력 중 두 번째 권능(權能). 제단에 존재하는 샘에서 갈래 환상으로 찾은 대상이 있는 곳으로 이동할 수 있는 능력.

사실상 찾고자 하는 대상이 어디에 있든 찾을 수 있는 첫 번째 권능인 '갈래 환상'이 신탁에 의해 정해진 대상에게만 사용할 수 있는 조건을 생각하면 두 개의 능력은 라엘 스탈렌 자신의 스킬이라고 할 순 없었다.

"영혼 샘을 쓰실 수 있다는 말씀이 진짜였군요."

"후훗……."

라엘 스탈렌은 앞에 있는 여자를 바라보며 기쁜 얼굴로 말했다. 영혼 샘은 오직 신탁이 있어야만 사용할 수 있다.

"저희 모두가 신을 위해 존재하는 것을 의미하는 증거이겠지요."

여자는 가볍게 웃었다. 그러나 그 가벼운 미소만으로도 마치 여신이 환생을 하면 이런 모습이 아닐까 하는 생각이 들 정도로 아름다웠다.

은은한 빛이 그녀의 몸을 감싸고 있었다. 시체가 즐비한 곳에서 그녀는 어울리지 않게 비단으로 된 것 같은 새하얀 드레스를 입고 있었다.

"필요한 모든 지원을 아끼지 않겠습니다, 퓌렐 갈라드 티누비엘."

칸 라흐만은 라엘 스탈렌의 말에 주의를 기울였다.

'퓌렐 갈라드 티누비엘······.'

지금까지의 이름과는 조금 다른 형식. 토착인들 중에서도 이렇게 긴 이름을 쓰는 곳은 없었다.

"엘븐하임에서 이렇게 세븐 쓰론을 찾아와 주시다니 이거야말로 신의 뜻 아래 영광스러운 일입니다."

"······!!"

칸 라흐만은 그 순간 놀란 눈으로 두 사람을 주시했다.

인간답지 않은 신비한 아우라. 피비린내가 진동하고 혈흔이 흥건한 바닥을 밟으면서도 피가 스며들지 않는 옷.

'설마…….'

엘프였다. 라엘 스탈렌의 옆에 있는 여자는 이 세계의 존재
가 아닌 타 차원의 종족.

자신의 스승의 생사는 알지 못하지만 어쨌든 그가 살았던
이 마을을 이렇게 참혹하게 만든 장본인 중에 엘프가 껴 있다.

'마족, 악마족, 다음엔 엘프라니…….'

그 엘프가 지금 라엘 스탈렌과 손을 잡았다.

'설마…… 이미 다른 종족들도 이 세계에 발을 들여놓은 게
아닐까?'

"인간과 엘프의 동맹은 아마 차원을 뛰어넘어 역사의 큰 축
복이 될 겁니다."

"저 역시 마찬가집니다. 언젠가 우리들의 힘을 합칠 일이
있다면…… 더 나은 미래로 나아갈 수 있겠죠."

"모든 것은 신의 뜻대로."

"네, 신의 뜻대로."

칸 라흐만은 두 사람의 대화를 뒤로한 채 썩은 시체를 바라
봤다.

"…….."

그 누가 했든 결코 정상이 아닌 끔찍한 결과.

분명한 건…… 엘프가 만화 속에 나오는 그런 정의로운 균
형의 종족이 절대 아니라는 것. 이들은…….

'또 다른 적이다.'

칸 라흐만은 등이 흥건하게 땀으로 젖었다.

✵

"우군 200. 오른쪽 협곡을 타고 뒤로 돌아서 간다. 우군의 목적은 군락의 정상이다. 우군은 오르도 창, 네가 맡아."

막사 안.

1㎞를 달려온 뒤, 무열은 육안으로 군락이 보이는 곳 앞에 막사를 지었다.

군락은 생각했던 것보다 규모가 컸다. 하지만 굳이 막사를 세우고 준비를 할 필요가 있을까 하는 의문이 들었다.

"알겠습니다."

무열은 그런 병사들의 의문을 뒤로한 채 지도까지 펼쳐 들고는 수뇌부들을 불러 모았다.

"그리고 좌군 200명은 강찬석과 함께 중앙의 오크들을 앞으로 유인한다. 윤선미를 데려가. 잔몹을 정리하는 데 그녀만큼 적합한 사람도 없을 테니까."

"넵."

"그럴게요."

두 사람이 고개를 끄덕였다.

"나머지 100명은 최혁수 네가 후방에서 전체를 보며 적절히 지원하도록."

"알겠습니다."

"그리고……."

무열은 마지막으로 손을 들어 말했다.

"무악부대(無惡部隊)."

그러자 그의 목소리가 들림과 동시에 50명의 병사가 막사 밖에서 일제히 허리를 숙이며 소리쳤다.

"옙!!!"

무열이 창설한 정예병.

다른 병사들과는 확연히 다른 모습. 그들은 당장에라도 싸우고 싶어 안달이 난 것 같아 보였다.

사냥에 목이 말라 있는 병사들. 아니, 조금 다르다. 자신의 실력을 확인해 보고 싶어 하는 것 같았다.

살육(殺戮)이 아닌, 스스로의 검증(檢證).

그렇기 때문에 병사들의 눈은 빛나고 있었다.

"너희들은 나와 함께 간다."

착-!!!

차작---!!

무열의 한마디에 병사들이 절도 있는 모습으로 움직였다.

"……."

최은별은 우렁찬 그 기세에 자신도 모르게 움찔했다.

무열은 자신의 검을 뽑았다. 뇌격의 날이 새벽녘 속에서 번뜩였다.

"돌격."

와아아아아아아아———!!!!

와아아아———!!

그는 고개를 돌려 씨익 웃으면서 말했다.

"누가 군락의 우두머리를 베는지 내기해 볼까?"

"훗……. 쉽지 않으실 겁니다, 주군."

오르도 창은 자신의 병력을 이끌고 협곡 쪽으로 향하며 말했다.

"이것 참……. 그럼 제가 너무 불리한 것 아닙니까?"

군락 안으로 공격할 두 사람과 달리 오크들을 유인해야 하는 강찬석은 불만스러운 듯 말했다.

"알아."

그 모습에 무열은 재미있다는 듯 웃었다.

"그래서 내기를 하는 거야."

장난기 가득한 얼굴. 지금까지와는 조금 다른 모습이었다.

비단 무열뿐만이 아니다.

C랭크의 오크 군락. 그들에게 있어서 이건 우스운 전투였다. 그럼에도 불구하고 이렇게 진지하게 진형을 짜고 준비를

한 것엔 이유가 있다.

그때였다.

"에엑?"

그는 옆에 서 있던 은별의 허리를 잡아당겼다.

"……꺄악!"

"대신 이 짐은 내가 데려가지. 핸디캡이라고 생각하라고."

무열이 최은별을 어깨에 둘러멨다.

"이, 이거 놔요!!"

깜짝 놀라서 바동바동하는 그녀였지만 무열의 힘을 이길 수 있을 리가 없었다.

"좋아, 그럼."

무열은 무악부대의 병사들을 이끌고 오크 군락을 향해 달리기 시작했다. 그의 뒤를 따라 강찬석의 좌군도 빠르게 움직였다.

"이번 전투는 너무 친절하시네요."

"그러게요. 뭐, 대장이 생각하는 게 뭔지 알 것 같긴 해요."

"그렇죠?"

본진에 남은 최혁수와 라캉 베자스는 무열의 뒷모습을 바라보며 말했다.

"솔직히 오크 군락쯤은…… 무열 님 혼자서도 토벌할 수 있을 겁니다."

"그럼요. 기껏해야 C랭크 몬스터들이잖아요. 던전에서 봤던 대장의 모습을 생각하면 솔직히 이렇게 병력을 이끌고 가는 것도 우습죠."

최혁수는 임시로 세운 막사의 기둥을 툭 치면서 말했다.

"전쟁도 아니고 고작 몬스터 토벌. 그것도 혼자서 할 수 있을 만큼 난이도가 낮은 군락에 병사들까지 동원이라······. 확실히 친절하긴 친절하죠."

그는 피식 웃으면서 말했다.

"뭐, 그래서 마음에 드는 것이기도 하지만요."

라캉 베자스는 최혁수의 말에 동의한다는 듯 고개를 끄덕였다.

복수, 원망.

누구 하나 그런 마음을 가지지 않고 살아가는 사람은 없다. 자신들을 이곳에 마음대로 징집시킨 신조차 원망의 대상이 될 것이니까.

"이곳에서 살아가는 우리가 얼마나 진지하게 삶에 임하고 있는지를 보여주려는 것이겠죠."

최혁수는 군락에서 일어나는 외침과 비명을 들으며 말했다.

"맞아요. 각자 자신의 방식대로."

"크르륵······ 인간······. 죽인다······."

"좋은 자세다. 한 부족의 수장이라면 그런 태도도 충분히 이해되지."

"카락!!! 카라락!!!"

투박한 박도가 허공을 갈랐다. 맹렬한 기세였지만 누구 하나 그 공격이 두렵게 느껴지지 않았다. 군락에 있던 100여 마리의 오크 중에 살아 있는 오크는 지금 중앙에 있는 이 한 마리뿐이니까.

쾅……!!

콰캉……!!!

박도가 무열의 검에 튕겨 나가며 휘청거렸다. 체구는 거의 두 배임에도 불구하고 오히려 작은 무열에게 녀석은 힘이 밀렸다.

"카륵…… 크르르악!!!"

녀석은 있는 힘껏 다시 박도를 쥐어 위에서 아래로 찍어 누르듯 내려쳤다.

군락에 서식하는 오크 중에서도 가장 상위 종인 녀석은 어제 최은별이 죽였던 붉은 반점이 있는 오크와 비슷하게 생겼다.

"끝이군."

"맞아. 뭐, 내기를 할 필요도 없는 일이었지만."

강찬석과 오르도 창은 무열과 일기토를 벌이는 오크를 바라보며 말했다.

자신의 부족원이 모두 죽고 마지막으로 남은 우두머리는 스스로 결투를 자처했다.

명예로운 죽음.

몬스터 주제에 그런 걸 따진다는 것이 우습게 들릴 수도 있겠지만 무열은 그런 그를 진심으로 상대해 주었다.

그런 자에게 같은 수장이 아닌 부하에게 결투를 맡길 수는 없는 노릇이었다.

서걱.

무열의 검이 번뜩였다. 뇌격이 정확히 녀석의 목을 꿰뚫었다. 그 순간 그는 씁쓸한 표정을 지었다.

'언제나 느끼지만 인간어를 사용하는 몬스터를 죽이는 건 역시……'

탁.

그가 검을 검집에 밀어 넣자 오크의 수장의 몸이 무너지며 바닥으로 쓰러졌다.

"후우……."

무열은 낮은 한숨을 내쉬었다.

[오크 군락 토벌에 성공하였습니다.]

짧은 메시지창. C랭크의 낮은 몬스터들이었기 때문에 이렇다 할 큰 보상은 없었다.

무열은 수장의 사체에서 나온 보상 상자를 열어 담겨 있던 마석들을 병사들과 공유했다.

[하급 마석(x10)을 획득했습니다.]

은별은 자신의 인벤토리 안에 들어오는 마석을 보며 말했다.

"뭐…… 그쪽은 강하니까."

아니, 비단 무열만이 강한 건 아니었다. 강찬석과 오르도 창을 비롯해 그를 따르는 병사들까지도 모두 그녀의 눈엔 대단해 보였다.

심지어 부대에 홍일점인 윤선미가 싸우는 모습은 최은별에게는 충격에 가까웠다. 연약하고 아무것도 할 줄 모를 것 같은 모습을 하고서 누구보다 많은 오크를 막아냈기 때문이다.

무열은 속내를 감추려는 듯 일부러 퉁명스럽게 말하는 그녀를 보며 대답했다.

"그렇지도 않다. 오크족 중에서도 강인한 녀석들도 있으니까. 안 그래? 오르도."

"네, 맞습니다."

무열의 말에 오르도 창이 고개를 끄덕였다.

"남부 지역 중 동쪽에 서식하는 카짓 부족. 동쪽 일대의 절반가량을 통치하는 명실상부한 남주의 패자 중 하나입니다."

카짓 부족의 수장, 보스머 카짓.

세븐 쓰론에 손꼽히는 강자 중 한 명이자 아직도 카짓 부족과의 마지막 전투는 기억에 생생했다.

'오크이면서 용족과도 맞먹을 정도의 힘을 기른 특이한 변종이었지.'

능력으로 따지자면 거의 A랭크에 비할 수 있었다.

'게다가 인간어도 능통하게 했고 말이야. 그래서 들리는 소문에는 하프 오크라는 소리도 있지만……. 뭐, 외관으로 봤을 땐 전형적인 남부 오크니 헛소문이라고 결말이 났긴 했지만.'

우락부락하고 투박한 모습.

오히려 평범한 오크들보다 더 괴물 같은 모습이니 인간의 피가 섞였다고 하기엔 말이 안 됐다.

오우거 못지않은 괴력까지 가지고 있었으니 인간이 아니라 오히려 다른 몬스터의 혼종이라고 하면 차라리 말이 될까.

'언젠가 녀석과도 붙어야겠지. 게다가 카짓 부족 말고도 남부 동쪽 일대를 통일하는 데엔 걸림돌이 많아.'

카짓 부족이 동쪽 일대의 절반을 통치하는 강자라면 그와 함께 나머지 절반을 장악하고 있는 두 개의 부족.

용족의 여왕이라 불렸던 정민지가 세븐 쓰론 다섯 용족을 통합할 때 가장 애를 먹었던 세력이 바로 그곳에 있다.

염용족과 황철용족.

그 둘은 부족 간의 경쟁이 치열해서 매일같이 전쟁을 벌이며 세력 다툼을 해대지만, 외부 세력이 유입되는 순간 누구보다도 가장 끈끈한 연대를 형성했기 때문이다.

'뭐…… 어쨌든 그건 차후의 문제니까. 지금은 북부 정벌부터다.'

무열은 잠시 했던 다른 생각을 떨쳐 내고는 최은별을 향해 말했다.

"소감은?"

"그쪽처럼 힘이 있으면 나도 그렇게 했을 거예요."

"그것만 보였더냐."

"……네?"

그의 물음에 그녀는 선뜻 대답을 하지 못했다.

"아니다. 차차 알게 되겠지."

그렇게 말하고는 무열은 최은별의 어깨를 툭 치고는 말했다.

"네 친구들을 죽였던 오크를 모두 전멸시켰다. 이제 조금은 후련해졌는지. 그것부터 생각해 봐라."

"……."

무열은 그녀를 뒤로한 채 손을 들어 올리며 소리쳤다.

"모두 돌아간다."

늦은 밤, 막사 안.

"그런데…… 어째서 저 아이를 받아들이셨습니까?"

무열의 병력은 오르갈 마을로 가는 길에 위치한 숲에서 야영을 하기로 했다.

보초를 제외하고 모두가 잠든 이 시점에서 라캉 베자스와 강찬석, 그리고 최혁수는 이다음 루트에 대해 의논을 하고 있었다.

"필요하기 때문이지."

무열은 지도에서 눈을 떼지 않고서 대답했다.

"네?"

"운반업자는 정말 보기 힘든 직업이거든. 희소성을 생각하면 환술사보다도 더 말이야."

"그 정도예요?"

"그렇지. 환술사야 첨탑에서 얻을 수 있는 직업이기라도 하지만 운반업자는 아니거든. 생산 클래스니까."

"하긴……."

"으으음......."

최혁수와 달리 강찬석은 무열의 말에 살짝 고개를 갸웃거렸다.

운반업자.

확실히 특이한 직업이라고는 생각된다. 그러나 거기까지. 그 메리트가 무엇인지 사실상 크게 와닿지 않는 게 맞았다.

전투에 관련된 사람들은 자신의 랭크가 도달했을 때 2차 전직과 3차 전직을 탑이나 경기장과 같은 랭크 업 던전에서 하게 된다.

반면, 생산 클래스들은 따로 랭크 업 던전이 필요하지 않다. 필드에서 얻는 유니크 직업, 진아륜의 어쌔신이라든지 칸라흐만의 낚시꾼과 같은 직업처럼 따로 승급 장소가 있는 것이 아니라 자연스럽게 전직을 한다.

생산 클래스의 장점은 꼭 하나의 직업만 가지는 것이 아니라는 점이다. 가죽 세공이 메인 스킬이지만 서브로 대장 스킬을 배우고 있는 지웅 슈를 보면 알 수 있다.

하지만 대부분의 생산 클래스는 하나의 스킬을 올리는 것도 어렵기 때문에 초기에 가진 직업으로 쭉 숙련도를 올리는 데 주력한다.

'운반업자......'

강찬석은 아무리 생각해도 단순히 무언가를 옮기는 데 특화된 생산 클래스의 이점이 어떤 것인지 감이 잡히지 않았다.

"라캉, 당신은 어떻게 생각하세요? 제 결정이 트라멜에 이득이 될 것 같습니까?"

"흐음......."

그와 다르게 라캉 베자스는 무열의 말에 아까부터 고민을 하는 듯한 표정이었다.

"나쁘지 않은 결정이신 것 같습니다. 생산 클래스에게 가장 부족한 건 사실 생산 스킬의 숙련도가 아닌 전투 능력이니까요."

"그게 무슨 말입니까?"

강찬석의 물음에 라캉 베자스는 최은별을 처음 봤을 때를 떠올렸다.

그는 그녀가 오크의 뒷덜미를 일격으로 꿰뚫어버린 것을 보고 놀라지 않을 수 없었다. 비록 상인으로서의 스킬은 자신이 높다 하더라도 그는 오크의 목을 뚫어버리기는커녕 제대로 베지도 못했으니 전투 능력은 그녀와 비교할 수 없을 정도였다.

"교역이나 무역 능력이 뛰어나다 하더라도 결국 거래를 하기 위해서는 상대방을 만나야겠죠. 게다가 거래의 물건도 챙겨야 할 거구요."

끄덕.

강찬석은 그의 말에 동의했다.

"제 전투 능력은 굳이 따진다면 가까스로 D랭크를 조금 상회하는 정도일 겁니다. 교역 능력이 아무리 뛰어나도 전 호위가 없다면 직접 움직이기 힘들 겁니다."

라캉 베자스는 자신의 현 상황에 대해서 충분히 잘 알고 있는 눈치였다.

무열이 그의 말에 덧붙였다.

"맞아, 결국 안전하게 갈 수 있는 능력이 없다면 많은 인원이 움직이게 될 테고 그렇게 되면 은밀한 거래는 할 수 없게 되겠지."

"……아!!"

"빠른 기동을 위한 도적 클래스가 있지만 그들의 인벤토리는 우리와 같아. 게다가 인벤토리의 용량을 늘리는 아이템을 얻는다 하더라도 그 용도가 제한적이지. 하지만 운반업자는 달라. 운반업자의 인벤토리는 거의 무한대에 가깝다."

"허, 그렇군요."

'그리고 최은별이 2차 전직을 하게 된다면…….'

무열은 생각했다. 대륙 최대의 정보 조직인 이클립스의 수장인 바이칼 가르나드조차 전투 능력은 B랭크였다. 그럼에도 불구하고 그는 대륙을 쥐락펴락하는 음지의 수장으로서 활약했다. 무열이 최은별을 주시했던 것이 바로 그 점 때문이다.

'현시점에서 그녀의 전투 능력은 최소 C랭크 후반대. 생산 클래스에다가 공격 관련 스킬이 없으면서도 그 정도 위력을 낼 수 있다는 건……'

재능.

어쩌면 전투에 재능이 있는 그녀가 생산 클래스가 아닌 다른 걸 택했다면 더 빛을 발했을지도 모른다.

'현재 트라멜의 병사들에게 가르치고 있는 훈련법.'

이강호를 비롯해 내로라하는 강자들이 1차 전직도 채 하지 못한 훈련병들을 위해 창안한 것이다.

즉, 직업과는 상관없이 할 수 있는 훈련.

'최은별이 만약 그걸 배운다면……. 그녀의 재능이라면 바이칼 가르나드마저 뛰어넘을 수 있을 것이다.'

무열이 그리는 그림.

어쩌면 그녀가 그 안에 아주 좋은 한 조각이 될 수 있을 것이라는 생각이 들었다.

"마침 후임이 필요했던 시기이기도 하고……."

라캉 베자스는 늘어나는 업무를 혼자 감당하기 벅차 고심하던 차였다. 그래서 그동안 트라멜에 들어오는 사람들을 꼼꼼히 살펴봤지만 이렇다 할 끌리는 제목이 없었다.

"제가 한번 그 아이를 맡아보도록 하죠."

무열은 기대했던 대답이 나오자 미소를 지으며 고개를 끄덕였다.

거상(巨商)이라 불렸던 S랭커. 이강호를 권좌에 올렸던 첫 번째 제자이자 대륙을 호령하던 SS랭커.

한 치의 의심 없이 완벽한 스승이다.

두 사람이 만들어낼 결과물은 과연 어떨까?

상상만 해도 흐뭇했다.

무열은 고개를 돌렸다.

"이제 들어와도 좋다."

그의 말이 끝남과 동시에 막사의 문이 열리며 최은별이 긴장한 표정으로 자신들을 바라보며 들어왔다.

"네 스승님들이다."

"……누가 저 사람들에게 배운다고 했어요?"

"배우기 싫으면 배우지 않아도 좋다. 하지만 우리와 함께 움직이게 된다면 이 둘이 너에게 많은 도움이 될 거다."

"흥……."

그렇게 말하면서도 최은별은 따로 움직이겠다는 말은 하지 않았다. 오크 군락을 시원하게 정벌해 버리는 무열의 모습을 보며 그녀는 더 무열에 대해 궁금해졌기 때문이었다. 어떤 사람이기에 이렇게 많은 사람이 따르는가 하고 말이다.

"그럼…… 스승으로서 좋은 모습을 보여야겠군요."

라캉 베자스는 최은별의 등장을 기다렸다는 듯 미소를 지으며 소매를 걷었다.

"아까 얘기한 대로, 42거점은 저에게 맡겨주십시오."

그는 최은별을 바라보며 말했다.

"저희 둘이서 다녀오겠습니다."

"……네?"

그녀는 그의 말에 깜짝 놀란 듯 어깨를 들썩이며 그를 바라봤다.

"알겠습니다. 오르도가 두 사람의 호위를 맡을 겁니다. 카르곤을 탈 수 있으니 다른 사람들보다 만일의 상황에 더 잘 대비할 수도 있을 테고요."

"알겠습니다."

"뭐, 병력은…… 필요 없겠죠?"

무열은 라캉 베자스의 생각을 읽은 듯 묘한 웃음을 지으며 물었다.

"물론입니다."

라캉 베자스의 눈빛엔 자신감이 있었다.

"돌아오시는 그때."

최은별은 어쩐지 기분 탓이겠지만 그 순간 그가 빛나 보이는 것 같았다.

싸움엔 여러 종류가 있다고 했던 그의 말.

그 상대가 이제 몬스터가 아닌 인간으로 바뀌었고 힘이 아닌 오로지 그 혼자의 힘으로 싸우려 했다.

"······."

그녀는 자신도 모르게 맞잡고 있는 두 손에 땀이 맺히는 기분이었다.

라캉 베자스는 마치 쐐기를 박듯 한 글자, 한 글자에 힘을 주어 말했다.

"42거점은 트라멜의 것이 되어 있을 겁니다."

"대장, 괜찮을까요?"

"뭐가?"

"그······ 최은별이라고 하는 애 말이에요. 라캉 아저씨하고 그냥 그렇게 보내도 되는지······."

오크 군락을 토벌하고 이동하는 도중에 최혁수는 조심스럽게 무열에게 물었다.

"왜 그렇게 생각하는데?"

"뭐······ 알잖아요. 이유야 어찌 됐든 사람들을 죽이려고 했던 앤데, 정상이라고 봐야 할지······."

"걱정이 되는 거냐."

무열이 가볍게 웃으며 최혁수에게 묻자 그는 당황한 듯 얼굴을 찡그리며 얼버무렸다.

"아, 아니. 누가요."

"라캉 씨를 말하는 건데 어째 반응이 이상하다?"

"……에? 무슨……."

아차 싶은 표정으로 최혁수가 고개를 돌렸다.

"나도 아직 최은별에 대해서 모든 평가를 내린 건 아니다. 확실히 그녀는 극단적이지. 그 성격이 우리에게 도움이 될지 아니면 해가 될지는 아직 모르니까."

"그럼……."

"그래서 라캉 베자스와 함께 보낸 거다. 사람을 보는 능력은 그가 나보다 더 확실하니까."

"으흠……."

최혁수는 무열의 말에 여전히 썩 내키지 않는다는 눈치였다.

"전 아직 모르겠어요. 지금 우리가 움직이는 병력, 그리고 앞으로 우리를 믿고 따르는 사람들이 지금보다도 훨씬 더 많아질 텐데 그런 성격이라면…… 사람들보다 자신을 생각할 것 같거든요."

"그래?"

"그럼요. 그런 녀석이 과연 지킨다라는 의미를 알지……."

"훗."

무열은 최혁수의 말에 가볍게 웃었다. 그러자 그는 얼굴을 붉히며 소리쳤다.

"뭐, 뭐예요. 기껏 진지하게 말하는데……."

"아니다, 아무것도."

"칫……."

쑥스러운 듯 최혁수는 그 말을 끝으로 윤선미의 곁으로 돌아갔다.

'지킨다라는 말을 네가 하다니……. 최혁수, 넌 모르겠지. 이미 네 자체가 미래와는 달라졌다는 걸 말이야.'

오직 승리를 위해서 병사를 도구로 사용했던 그에게서 병사들의 안위와 목숨을 먼저 걱정하는 모습을 보게 되다니 무열은 그저 신기할 따름이다.

무열은 천천히 고개를 들었다. 숲의 끝이 보이기 시작했다.

최은별. 확실히 기억에 없는 이름이다.

특이한 생각. 어쩌면 과할 정도로 틀어진 이념은 최혁수의 말대로 양날의 검이 될 수도 있다.

'이건 또 다른 도박이다. 그 위험한 생각이 어쩌면 역사를 바꿀 능력이 될 수도 있다.'

자신이 알고 있는 미래의 내로라하는 인물들 이외에도 알지 못하는 새로운 인재. 그 첫 선택인 최은별이 과연 악수(惡手)가 될지 호수(好手) 될지는 지켜봐야 할 문제였다.

"도착했습니다."

무열의 옆에 있던 강찬석이 그를 향해 말했다.

"그래."

그것에 대한 불안은 여전히 안고 가야 할 문제였지만 지금 눈앞의 일은 또 다른 것.

강찬석의 말에 무열은 고개를 끄덕이며 손을 들었다.

"전군, 대기."

숲의 끝엔 작은 마을이 보였다.

착.

차착ㅡㅡ!!

병사들은 무열의 명령에 일사불란하게 발걸음을 멈추었다.

눈앞에 보이는 마을, 오르갈.

이곳을 시작으로 서북부의 많은 거점이 파괴되고 사라졌다.

'그 사태가 일어나기 전에 알카르를 사냥해야 한다.'

무열은 천천히 숨을 골랐다.

'두 번째 필드 네임드.'

델리카 때보다 더 강력하고 훨씬 더 난이도가 높은 몬스터. 수천 명을 죽음으로 몰아갔던 신록(神鹿).

게다가 그 시체에서 흘러나온 녹색의 연기는 이 일대를 죽음의 땅으로 만들었다.

'두 번 다시 그런 일이 일어나게 하지 않겠다.'

무열은 병사들을 향해 소리쳤다.

"사냥 준비."

와아아아아아———!!!!

그의 외침에 병사들은 일제히 함성을 질렀다.

후드드드득……!!

후드득……!!

그 외침을 들은 걸까. 오르갈 마을 뒤쪽 숲에서 수십 마리의 새가 날갯짓을 하며 날아올랐다.

[우으으으으으……]

저 멀리서 들려오는 뱃고동 같은 묘한 울음소리가 들렸다.

신록(神鹿), 알카르.

무열은 어딘가에 있을 녀석의 모습을 상상하며 생각했다.

'카나트라 산맥의 주인은 이제 바뀔 것이다.'

"네? 그게 무슨 말씀이십니까."

"신수를 살해하다니요!! 그건 절대로 해서는 안 될 일입니다."

"그럼요, 그럼요. 그러다가 천벌 받습니다."

"당장 멈추세요!!"

막사 밖에서 들려오는 사람들의 목소리. 500이 넘는 병사를 보면서도 그들은 위축되거나 하지 않았다.

"허…… 허허."

강찬석은 원성이 가득한 오르갈의 주민들을 보며 놀란 표정을 감추지 못했다.

"생각지도 못한 반응이네요."

"그러게요. 어차피 몬스터인데 왜 저렇게 난리지?"

"아무래도 저 사람들에겐 알카르의 존재가 조금 다른가 봐요. 저희 같은 외지인이 아니라 토착인들이니까. 그들은 정말로 알카르를 신수로 모시는 것 같은데요?"

그의 말에 최혁수와 윤선미는 조심스럽게 말을 이었다.

"으흠……."

"어떻게 하실 생각이십니까."

"차라리 병사들을 여기에 두고 무악부대만 데려가는 건 어때요? 어차피 알카르 사냥에 집중하여 훈련시킨 부대는 50명뿐이니까. 나머지 병력은 북부 거점 확보용이라 굳이 모든 부대를 움직일 필요 없을 것 같은데."

"저도 같은 생각입니다."

최혁수의 제안에 강찬석이 고개를 끄덕였다.

"일단 촌장과 대화를 좀 해봐야겠군. 막사 밖에서 기다리고 있다고 했지?"

"네, 그렇습니다."

"들어오시라고 해."

"알겠습니다."

막사의 문이 열리고 왜소한 남자 한 명이 들어왔다.

보초를 서고 있는 병사들과 강찬석을 비롯한 막사 안의 사람들을 훑어보는 그는 조금 위축된 모습이었다.

"편하게 앉으시죠."

"아, 네……."

무열이 먼저 자리를 내어주자 그는 황급히 앉아 고개를 숙이며 말했다.

"죄송합니다. 트라멜의 영주께서 오셨는데 마을 사람들의 반발이……."

촌장은 이미 무열의 위치를 알고 있었다. 마음만 먹으면 자신의 마을 따위는 순식간에 쓸어버릴 수 있다는 것을. 그럼에도 불구하고 지금 마을 입구를 막고서 막사의 앞에서 반대를 하는 건 그만큼 주요한 사안이기 때문이다.

목숨을 걸어서라도…… 막아야 할 문제.

"혹시…… 대륙에 존재하는 3대 위상(位相)에 대해서 아십니까?"

촌장은 조심스럽게 무열을 향해 말했다.

"위상……?"

처음 듣는 말이었다.

'그런 게 있었나?'

무열은 기억을 더듬어 봤지만 15년 동안 세븐 쓰론에 살아가면서 단 한 번도 들어보지 못한 단어였다.

"그게 뭡니까."

"역시, 외지인분이라서 모르시는 것 같군요. 하긴 그러니까 이런 일을 하시려는 것이겠죠."

"음⋯⋯?"

촌장은 고개를 저었다.

"저희들에게 내려오는 이야기가 있습니다. 위상(位相)이 무너질 때, 대륙은 혼돈에 빠질 것이다."

그는 그 말을 하면서도 크게 송구스러운 듯 제대로 잇지 못했다. 그러나 그 이유가 무열이 아닌 위상이라는 단어를 입으로 내뱉는 행위에 의한 것임을 알았다.

'이건 역시 토착인에게 내려오는 전설인 건가? 흐음⋯⋯ 오르도 창이 있었다면 좋을 텐데.'

"쿠단, 촌장이 하는 말에 대해서 아는 게 있나?"

무열의 말에 엔라 일족의 쿠단은 살짝 입술을 깨물면서 고민하는 얼굴이었다.

"네, 그런 소문을 듣긴 했습니다. 아마 북부에만 존재하는 전설일 겁니다."

"그래? 아는 게 있어?"

"글쎄요……. 저희 엔라 일족이 대륙 곳곳을 돌아다니기는 하지만 아무래도 북부 쪽은 왕래가 그다지 잦지는 않아서 말입니다. 자세한 건 모르지만 북부 지역의 사람들이 숭배하는 신수라고만 알고 있습니다."

"흐음……."

"자세한 건 모르지만 북부 7왕국 모두 각각 자신이 숭배하는 위상을 상징하는 문양을 넣은 문장(紋章)을 사용한다고 합니다."

무열은 쿠단의 말에 고개를 끄덕였다.

'그런가……. 확실히 7왕국 중 겹치는 문양을 가진 왕국들이 있었지. 단순히 연합을 뜻하는 엠블럼이라고만 생각했었는데.'

대수롭지 않게 생각했던 것에 또 다른 숨겨진 뭔가가 있다는 것을 알게 된 무열은 점점 더 세븐 쓰론의 역사에 관심을 기울이지 않을 수 없었다.

"그 위상이라는 게 뭡니까?"

"놀랍네요. 저분은 이 대륙 사람인 거 같은데……. 토착인과 외지인이 함께 있는 건 처음 봅니다."

"그렇습니까."

무열은 그의 말에 가볍게 웃었다.

쿠단을 보며 진심으로 놀란 표정.

그럴 수밖에. 이곳에 사는 사람 중 외지인을 좋게 보는 사람들은 거의 없으니까.

갑자기 나타나 자신의 것을 빼앗으려는 정복자로만 생각하게 되는 게 당연한 상황이니 외지인을 따르는 토착인이 있다는 게 촌장에겐 놀라운 일이었다.

"이분은 트라멜의 영주이시자 엔라 일족을 비롯한 남부 5대 부족의 수장이시다."

그 말에 촌장은 다시 한번 놀라지 않을 수 없었다. 몇몇의 토착인이 아닌 수백, 수천 명의 사람이 그를 따른다고 하니 말이다.

촌장은 다시 한번 무열을 바라봤다.

"3대 위상이 사라지면 대륙이 혼돈에 빠진다는 말…… 북부 사람이라면 모두 알고 있는 얘깁니까?"

"물론입니다. 어린아이부터 어른까지 자연스럽게 내려오는 이야기니까요."

"그렇군요."

무열은 알카르가 죽음으로서 죽음의 땅이 되어버린 것을 떠올렸다.

'그 사체가 어쩌면 혼란의 한 부분일지도 모른다. 그런데 우린 그렇게 당연한 전설조차 모르고 녀석을 죽여 버렸으니…….'

자신들의 생각만이 옳은 게 아니라는 생각이 무열을 점점 더 고민에 빠지게 만들었다.

"그리고…… 얼마 전에도 산맥 안으로 들어간 사람들이 있습니다."

"누구죠?"

"글쎄요……. 그것까진 저희도 잘 모릅니다. 혹시나 무슨 일이 생길까 막았지만 끝끝내 산맥으로 들어갔습니다만……. 뭐, 두 명이라서 설마 신수의 심기를 건드릴까 하는 생각에 그냥 두었습니다."

"겨우 두 명이요?"

"네, 그러니 설마 신수를 사냥하겠다는 허무맹랑한 생각을 하고 온 건 아닐 테죠."

"……."

무열은 촌장의 말에 눈을 흘기며 생각했다.

"남매인지 연인인지 알 수 없지만 남자는 얼굴을 가리고 있어서 잘 모르겠습니다만 여자 쪽은 앳된 얼굴이었습니다."

촌장은 기억을 떠올리는 듯 턱을 쓰다듬으면서 말했다.

"나이는 한 열일곱? 열여덟? 그 정도로 보이고 검은 머리의 단발머리 소녀였습니다. 아, 그러네요. 커다란 눈매가 특이해서 기억이 납니다."

"으흠……."

열심히 설명을 했지만 외관으로 누군지 알 수 있을 정도로 특이점은 아니었다.

'누구지. 고작 두 명으로 이곳에 온 사람이……?'

어쩌면 과민 반응일지도 모른다. 어쨌든 카나트라 산맥은 알카르가 서식하고 있는 곳이기도 하지만 그뿐만 아니라 북부 지역을 관통하는 거대한 산맥으로써 북쪽으로 갈 수 있는 길목이기도 했으니 말이다.

'그저 지나가는 사람들일 수도 있다.'

충분히 가능성은 있다.

세븐 쓰론의 대륙은 넓고 징집된 인류의 수는 70억이 넘는다. 많은 수의 사람이 몬스터에 의해 죽었다고는 하지만 여전히 대륙을 관통하는 사람은 많았다.

단지, 촌장의 말 중에 거슬리는 것 하나.

'앳되어 보이는 여자아이라…….'

무열의 머릿속을 불현듯 스치고 지나가는 하나의 생각.

'설마…… 아니겠지.'

세븐 쓰론에 징집된 많은 사람 중에 가장 많은 특이점을 발견하고 가장 많은 업적을 이룩한 한 명.

하지만 반대로 회귀를 한 뒤에 가장 많은 의문을 그에게 안겨준 사람이기도 했다.

히든 이터(Hidden Eater).

'카토 유우나.'

42장
신수 사냥 (1)

"네……?"

"그게 무슨 말씀이에요?"

"그래요. 신수 사냥을 위해서 어렵게 만든 부대잖아요. 그런데 부대를 데려가지 않으시겠다니요."

막사 안은 혼란스러운 목소리로 가득했다. 하지만 정작 말을 꺼낸 무열은 이미 마음을 굳힌 듯한 표정이었다.

"위험한 일을 하려는 건 아니야. 단지 확인해 볼 필요가 있는 일이 있어서 그렇지."

"혹시…… 그 산맥에 들어갔다는 두 사람 때문에 그러는 건가요?"

여자의 감이랄까. 윤선미는 조심스럽게 무열에게 물었다.

"네, 맞아요."

"짐작이 가는 사람이라도 있는 건가요?"

"으흠. 아뇨, 그런 건 아니에요."

확인된 건 아무것도 없었다. 게다가 무조건 그 두 사람 때문에 혼자서 산맥에 들어가려는 것도 아니다.

3대 위상이라고 불리는 신수들.

거대한 사슴의 모습을 하고 카나트라 산맥을 지배하는 신록(神鹿), 알카르.

동북부 쪽에 위치한 서리고원의 주인인 순백의 털을 가진 늑대. 혼백랑(魂白狼), 로어브로크.

그리고 포스나인 가장 끝에 있는 섬 하나.

풍문에 의하면 그 섬이 푸른 거북인 청귀(靑龜), 칼두안의 등껍질이라는 소문이 있었지만 종족 전쟁이 일어날 때까지 그 모습을 본 사람은 없었다.

'그렇기 때문에 실제로 대륙에 존재하는 위상은 둘이라고 봐야겠지.'

3대 위상(位相)이라는 말도 처음이었지만 애초에 그 셋이 모두 실존한다고 하더라도 그저 인류에겐 보상품을 주는 필드 네임드에 불과했었다.

'혹시 우리가 놓친 뭔가가 있다면…….'

알카르의 폭주. 갑작스럽게 산맥을 내려와 마을을 덮치고 수많은 사람을 죽인 것에 대한 이유.

무열은 그 일을 미연에 방지하고자 알카르를 사냥하러 온 것이지만 어쩌면 그 폭주의 원인이 있어서 그런 것이라면⋯⋯ 확실히 조금 더 살펴볼 필요가 있었다.

"그리 오래 걸리진 않을 거다. 이건 사냥이 아니라 조사니까. 무악부대 모두를 데리고 산맥을 돌아다니는 건 효율이 떨어져. 만일의 사태가 일어날 경우 빠져나오려면 혼자가 편하기도 하고."

"으음⋯⋯."

"그럼 저희는 어떻게 하는 게 좋겠습니까?"

"최혁수, 혹시 초열 보옥을 환술사인 너 말고 다른 사람도 쓸 수 있게 만들 수 있나?"

"네, 위력은 반도 안 나오겠지만⋯⋯ 공용 아이템으로 제작할 수도 있어요."

무열은 그의 대답에 고개를 끄덕였다.

"좋아, 그럼 초열의 보옥을 위력은 줄여도 상관없지만 대신 불의 크기를 최대한 크게 만들어줘."

"신호탄 대신으로 쓰시려고 하는군요?"

"그래, 맞아."

최혁수는 잠시 뭔가를 생각하는 듯 눈썹을 찡그리고는 말했다.

"네, 대미지랑 상관없다면 만들 수 있을 것 같아요. 세 개 정도면 될까요?"

"하나로도 충분해. 음, 색깔을 다르게 할 수 있으면 더 좋겠지만 말이야."

"아…… 혹시 그거라면 제가 할 수 있을 것 같은데요."

두 사람의 대화에 윤선미가 자신의 인벤토리 안에서 알 수 없는 가루가 들어 있는 앰플 몇 개를 꺼내어 보여주며 말했다.

"비약을 만드는 재료 중에 색이 나는 염료가 몇 개 있어요. 보옥을 만들 때 이걸 넣으면 괜찮을 것 같은데."

"오…… 좋은데요?"

"복용하지 않으면 비약의 재료 같은 경우는 따로 효과가 있는 게 아니니까 보옥의 효과에 영향을 끼치진 않을 거예요."

무열은 둘을 바라보며 말했다.

"좋아, 그럼 최대한 빨리 부탁할게. 그동안 나머지 사람들은 오르갈 주변으로 진을 준비하도록. 내가 신호를 보내면 강찬석은 무악부대를 이끌고 곧바로 움직일 수 있도록 준비해 주고."

"알겠습니다."

"우리의 목적을 잊은 건 절대 아니다. 여전히 알카르를 사냥해야 한다는 데엔 이견이 없으니까. 하지만 그 전에 신수로 불리는 존재를 죽이기 위해 필요한 확인 절차일 뿐이다."

그의 말에 막사 안에 있는 사람들이 모두 허리를 숙이며 대답했다.

"네, 알겠습니다."

저벅저벅.

어두운 숲길은 무척이나 복잡해 보였다. 특히나 초행이라면 어디가 어디고, 무슨 방향으로 가야 할지조차 감이 오지 않을 것 같았다.

"흐음."

그럼에도 불구하고 어둠 속에서 이동하는 발걸음에는 망설임이 없어 보였다.

'오랜만이군.'

발걸음의 주인은 다름 아닌 무열. 언덕 아래로 보이는 막사의 불빛을 잠시 바라보던 그는 다시 산맥 위를 향해 시선을 옮겼다.

감회가 새로웠다. 무열은 알카르가 날뛰던 그해에 이곳에 있지 않았다. 그 당시 북부의 패권을 놓고 싸울 때 이강호의 권세는 휀 레이놀즈와 함께 좀 더 동쪽에 치우쳐 있었으니까.

'여기서 조금 더 가면 거기가 나왔지.'

고작 훈련병에서 벗어나지 못한 애송이였던 무열은 제대로 된 전투에 참전하진 않았으니까.

그러나 그 이후, 종족 전쟁이 시작되고 근 십여 년간 그는 참으로 많은 전쟁에 참여했었고 대륙을 누볐다.

그곳.

바로, 하잘 협곡.

무열은 자신도 모르게 입술을 깨물었다. 세븐 쓰론에 징집된 지 15년을 끝으로 마지막으로 죽음을 맞이했던 장소.

'다시는 그런 일을 당하지 않으리라.'

다시 한번 마음을 다잡으며 무열은 걸음에 박차를 가했다.

[흐음, 이렇게 충만한 기운도 오랜만이군.]

산맥의 안으로 들어가자 쿤겐이 마치 숲을 두리번거리는 것 같은 느낌으로 말했다.

"응? 뭐가?"

[정령력 말이다. 3대 위상이라는 신수 때문인가. 이토록 정령력이 강한 숲은 처음이로군.]

"그래?"

무열은 쿤겐의 말에 고개를 끄덕였다. 충분히 그럴 수 있는 일이다.

'지금 생각해 보면 정령술을 얻는 최상급 재료 중에 나머지 재료도 3대 위상과 관련이 있다.'

보옥, 순금, 아연, 산호 조각, 송곳니, 뿔.

정령술을 얻는 6개의 재료는 사실상 어찌 보면 구하기 쉬운 것이다. 6개 중 절반은 거점 상점에서 판매하는 것이었으며 팔지 않는 뿔과 송곳니, 그리고 산호 조각은 필드에 있는 몬스터를 잡아서 손쉽게 얻을 수 있었다.

그러나 그 재료의 등급이 좋을수록 순도 높은 정령술을 얻을 수 있다고 알려진 뒤부터 더 좋은 재료를 구하기 위해 혈안이 되었었다.

'이미 그때는 알카르가 죽은 뒤였다. 어쩌면…….'

촌장의 말을 듣고 무열은 확신했다.

뿔, 송곳니, 산호 조각.

상점에서 팔지 않는 이 세 개의 재료는 바로 3대 위상으로부터 얻을 수 있는 최상급 재료라는 것을.

'오히려 재료를 어디서 구해야 하는지 고민할 필요가 없어졌다.'

송곳니는 늑대인 로어브로크에게서 얻을 수 있을 것이고 산호 조각은 칼두안에게서 채취할 수 있을 것이다.

'그 말은 곧 포스나인의 끝에 있는 섬이 정말로 3대 위상의 하나인 푸른 거북의 등이라는 말이겠지.'

살아 있는 섬. 어쩌면 그게 그저 입에서 입으로 흐르는 전설만이 아닐 수 있다는 것.

[재미있군. 정령도 아닌 것이 정령의 기운을 이렇게 가지고

있다니 말이야. 나도 궁금해지는걸. 3대 위상 중 하나라는 신록이 말이야.]

"정령계에는 신수 같은 동물들이 없나 보지?"

[동물의 모습을 한 녀석들은 있지만 어쨌든 그래도 결국은 정령의 한 종류일 뿐이니까. 저렇게 육신을 가진 채로 정령력을 간직하고 있는 존재는 없다.]

"흐음…… 정령계와 인간계 사이에 걸쳐 있는 느낌이라고 봐야 하는 건가?"

[비슷하지.]

무열은 쿤겐의 말에 생각에 잠겼다.

그는 처음 나락바위에서 쿤겐을 만났을 때를 떠올렸다.

'그때 분명 쿤겐은 이렇게 말했었다.'

권좌와 신에게 맞선 유일한 왕.

모든 정령이 신의 권속이라고 생각했었으나 그렇지 않았다. 그 말은 곧, 신의 힘에 대항할 수 있는 힘을 정령에서 찾을 수 있을지도 모른다는 것. 정령이라는 존재는 신의 힘과는 또 다른 영역에 존재한 것이라면…….

"어쩌면 신수는 신이 정령에게 보이기 위해 일부러 만든 부산물일지 모르겠군."

[흥…….]

무열의 말에 쿤겐은 기분이 나쁜 듯 콧방귀를 뀌었다.

[우으으으으으…….]

그때였다. 멀리서 들려오던 뱃고동 같은 울음소리가 점점 더 가까워지고 있었다.

[거의 다 온 듯하군.]

쿤겐의 말에 무열은 고개를 끄덕이며 자신의 검을 고쳐 잡았다.

그러고는 자신이 왔던 길을 다시 한번 유심히 살폈다. 목적지에 다 와가기 때문에 확인하는 게 아니다. 걸어오면서 들었던 한 가지 의문.

'이상한걸. 아무리 찾으려고 해도 사람이 지나간 흔적이 없는데……. 흐음.'

검병부대에 있을 당시 훈련소에서 배운 여러 가지 전투술 중엔 완벽하진 않지만 추격술도 있었다.

보통의 사람들이라면 무열의 추격술만으로도 충분히 자취를 찾을 수 있었다. 하지만 산맥을 타고 올라오는 길에서 무열은 아무런 흔적도 찾지 못했다.

'다른 길로 우회해서 갔을 수도 있겠지만……. 굳이 그럴 이유가 있을까? 내가 아는 한 이 길이 아니고서는 산맥을 타고 가는 다른 길들은 너무 험하다.'

무열의 눈썹이 꿈틀거렸다. 혼자서 산맥에 올라온 이유는 알카르를 찾는 목적 때문이기도 했지만, 그와 함께 먼저 갔다는 두 사람의 흔적을 찾기 위함도 있었다.

'만약 다른 길로 간 게 아니고 이 길을 갔는데 내가 찾지 못하는 것이라면…….'

두 사람은 완벽하게 흔적을 지우며 갔다는 말.

'일부러?'

무열은 흩어진 나뭇잎들을 만져 보며 생각했다.

'아니, 조금 다르다.'

마치 몸에 배어 있는 듯 자연스러운 행동.

흔적을 지우기 위해 가던 길의 방향을 돌아서 움직였다면 그것 역시 무열이 놓치지 않았을 테니까.

"찾으려고 해도 없을 거다, 강무열. 흔적을 남기지 않는 것. 그건 히든 이터(Hidden Eater)가 가진 직업 고유 스킬이니까."

"……!!!"

그 순간, 어둠 속에서 들려오는 목소리에 무열은 황급히 몸을 돌렸다. 날카로운 뇌격과 뇌전의 검날이 밤하늘에서 번뜩였다. 그러나 눈앞에 있는 목소리의 주인공의 모습은 보이지 않았다.

"그렇게 날을 세울 필요 없다."

"……."

'전혀 기척을 알아차리지 못했다.'

무열은 전방을 향해 검을 세우고서 긴장을 늦추지 않았다.

"그다지 특이할 것도 아니니까. 어째신의 암연만 하더라도 눈으로 좇을 수 없는 움직임이지. 신체의 영역을 완전히 뛰어넘었잖아."

목소리는 다시 뒤에서 들렸다.

차앙———!!!

무열이 황급히 몸을 회전하며 검을 그었다. 날카로운 검풍이 앞으로 쏟아졌다. 자라나 있는 두꺼운 나무 몇 그루가 단번에 잘렸지만 그 앞엔 역시나 아무도 없었다.

"흔적을 남기지 않고 움직인다는 것. 인간으로서는 말이 안되는 이야기 같지만 이미 인류가 세븐 쓰론에 징집된 이 말이안 되는 상황에서 이상할 것도 없지."

"누구냐."

무열은 주위를 훑으며 말했다.

"소개를 했을 텐데. 히든 이터라고 말이야."

"넌 카토 유우나가 아니다."

"그 이름을 아직도 기억하고 있는가? 이거…… 그 아이가들으면 기뻐하겠는걸."

어둠 속에서 천천히 모습을 드러내는 인영.

"이렇게 만나니 반갑군, 트라멜의 영주여."

그는 천천히 손을 내밀었다. 검은색의 가면 속에 빛나는 눈동자가 무열을 바라봤다.

'저자가…… 진짜 히든 이터.'

남부 경기장에서 만났던 유약한 카토 유우나가 아닌 진짜.

무열은 자신의 예상이 맞았다는 생각과 동시에 히든 이터가 이곳에 있다는 건 지금 이 일이 단순한 알카르의 사냥으로 끝날 일이 아니라는 것도 직감했다.

"너도 알카르를 노리고 왔는가?"

그다지 큰 체구는 아니었고 이렇다 할 무기도 보이지 않았다. 무열은 베일에 감춰진 그의 능력이 확인될 때까지 그와의 거리를 가늠하며 그를 경계하고 살폈다.

"아니, 그 반대지."

"……뭐?"

"알카르의 새끼."

검은 가면에서 흘러나오는 목소리. 생각지도 못한 그의 말에 무열은 놀라지 않을 수 없었다.

[우으으으으으……]

다시 한번 알카르의 포효가 들려왔다. 어쩐지 모르게 힘이 빠지고 지쳐 보이는 목소리.

"……설마."

북부 일대를 휩쓸고 수천 명을 죽음으로 몰아넣은 것도 모자라 이곳을 죽음의 땅으로 만들었던 끔찍한 신수의 폭주.

'그 이유가…….'

무열은 날카로운 눈빛으로 그를 바라봤다.

"너였냐."

"음?"

무열의 분위기가 한순간에 바뀌자 카토 치츠카는 자못 놀란 표정이었다. 물론, 그런 그의 얼굴을 무열이 볼 수 있을 리 없지만 말이다.

'유우나에게 들었던 것과 완전히 기세가 다른데. 갑자기 뭐지?'

치츠카는 허리춤에 있는 작은 자신의 단검에 손을 가져갔다.

평행으로 매달려 있는 두 자루의 검. 그의 애검, '일천(日天)'과 '월현(月玄)'이었다.

스르릉…….

검집에서 뽑힌 두 자루의 검은 지금 내리깔린 어둠만큼이나 시커멨다.

[저 검, 뭔가 심상치 않다. 조심해라.]

일천과 월현에서 풍겨져 나오는 기묘한 기세를 느낀 것인지 쿤겐이 그 검을 보자마자 무열에게 말했다.

'저거…… 어째서 저자가 저걸 가지고 있는 거지.'

무열은 카토 치츠카가 가지고 있는 두 자루의 검을 바라보며 눈살을 찌푸렸다.

'히든 이터의 정체가 설마…… 검귀(劍鬼)였단 말야?'

너무나 오랜만에 떠올려 보는 이름이었다.

카토 유우나 만큼이나 베일에 싸인 사람 중 하나. 아니, 그녀보다 오히려 더 감춰진 게 많은 존재였다. 권좌를 노린 적도 없고 혼자 움직이면서 오히려 히든 이터라도 불리는 그녀처럼 양지에서 보이는 업적마저 이룬 적도 없었다.

실력, 검술, 심지어 이름까지.

모든 게 알려져 있지 않았다. 그럼에도 불구하고 검귀라는 별명으로 사람들이 불렀던 이유는 그와 맞붙은 자들의 시체엔 절대로 따라할 수 없는 검상이 새겨져 있기 때문이었다.

'검귀가 세상에 이름을 알린 건 딱 세 번이었다.'

수천, 수만의 권세를 움직이며 전쟁을 치르던 강자들에 비해 그가 이름을 알린 횟수는 터무니없을 정도로 적었다. 하지만 그는 그 세 번으로 엄청난 소문을 몰고 왔었다. SSS랭커였던 이강호, 휀 레이놀즈 등과 동급의 실력자라는 말까지 나왔으니 말이다.

그 이유.

악마군 8대 장군, 만면사군(萬面巳君) 카르카.

엘프군 수호장(守護將), 위그나타르.

네피림 역천사(Virtus), 바이트람.

이들은 내로라하는 종족 전쟁에서 가장 강력한 장수들이었다. 각각의 실력은 가히 권좌의 왕들마저 위협할 정도.

이들 때문에 인간군이 전멸의 위기에 놓였을 때 움직인 것이 바로 검귀(劍鬼)였다.

쥐도 새도 모르게 각 군의 장수의 목을 베어 전황을 완전히 뒤바꿔 놓았었다.

'생각해 보면 그자가 어떻게 되었는지 아무도 모르는군…….
게다가 그 정도의 실력자였다면 조금 더 영향력을 끼칠 수도 있었을 텐데…….'

인류의 미래를 건 종족 전쟁임에도 불구하고 그는 마치 관심 없는 듯 행동했다. 어쩌면 그가 죽인 3명의 강자도 인류를 구하기 위함이 아니라 어떠한 다른 이유 때문일지도 모른다는 생각이 들었다.

'히든 이터든 검귀든 아니면 완전히 다른 존재라 할지라도 지금 녀석의 정체가 무엇이든 상관없다.'

무열은 검을 고쳐 쥐었다.

중요한 것. 그건 지금 눈앞에 있는 이자가 알카르의 분노를 만들어냈다는 것.

"너 때문에…… 얼마나 많은 사람이 죽었는지 아나?"

"그게 무슨 말이지?"

"알카르가 새끼를 뱄다는 이야기는 어떻게 알았지? 거기서 뭘 얻으려는 거냐."

무열이 뇌격을 그에게 겨눴다.

화르륵……!!

날카로운 검날 위로 뜨거운 화염 솟구쳐 오르자 얼굴을 가면으로 가린 그의 모습이 드러났다.

"산맥으로 들어왔다면 오르갈 마을에 있는 사람들에게 이야기를 들었을 텐데. 자칫 잘못하면 마을이 몰살당할 수도 있다."

기분 탓일까. 무열은 자신의 말을 듣고 난 뒤의 가면 속의 그가 오히려 자신을 향해 웃는 것 같았다.

"그러는 넌?"

"……뭐?"

"대단하신 병력을 이끌고 여기까지 온 이유가 뭐지? 결국 알카르를 사냥하려고 하는 건 네 쪽인 거 같은데. 나에게 화를 내는 건 선수를 빼앗겼기 때문인가."

카토 치츠카는 재미있다는 목소리로 무열을 향해 말했다.

"난 너와는 다르다."

"뭐가?"

무열은 즐거워하는 그 목소리에 차가움으로 답했다.

"내가 이곳에 온 이유는 수천의 목숨을 살리기 위함이다."

"흐음……."

"신록의 분노가 얼마나 많은 피해를 인류에게 끼칠지 생각도 하지 않은 채 자신의 이득만을 생각하는 그런 행위를 막기 위함이다."

툭.

그때였다.

"……!!"

"듣고 있다 보니 진짜 이상하군. 아까부터 자꾸 나를 살인자로 모는데……."

일천의 날카로운 검날이 무열의 목에 닿았다.

"내가 언제 알카르를 사냥하겠다고 했지? 난 단 한 번도 그런 얘기를……."

콰아아앙!!!

그 순간.

무열이 치츠카의 검을 쳐 냈다. 엄청난 힘에 그의 몸이 붕 떠오르며 뒤로 튕겨 나갔다.

"허……. 엄청난 힘이군. 너, 도대체 근력 수치가 몇이나 되는 거지?"

치츠카는 얼얼한 자신의 손을 주무르며 아무렇지 않다는 듯 말했지만 속으론 전혀 달랐다.

'그보다 설마…… 이걸 반응했다는 말이야?'

축지(縮地).

히든 이터(Hidden Eater)만이 쓸 수 있는 고유 스킬이자 암살

자들처럼 자신의 기척을 감추는 것이 아닌 말 그대로 거리 자체를 줄여 버리는 특수기.

S랭크급의 몬스터조차도 이 축지 앞에서 반응할 수 없을 것이다.

'비록 살기를 가지고 한 것은 아니라지만……'

처음이었다. 자신의 축지에 반응을 한 것도 모자라 반격까지 한 사람은 말이다.

'갈수록 더 재밌어지는군. 강무열.'

카토 치츠카는 언덕 아래를 내려다보며 낮은 목소리로 말했다.

"네 말대로다. 알카르가 죽으면 어떻게 될지는 오르갈 마을의 사람들이 아니더라도 충분히 알고 있다. 나는 북부의 사람이니까. 어디 보자. 그래, 지금쯤이면…… 시작될 것 같군."

"뭘 말하는 거지?"

"알카르의 새끼가 태어나는 것 말이다. 강무열, 한 가지 알려주지. 난 알카르를 사냥하러 온 것도, 알카르의 새끼를 훔쳐서 뭘 어떻게 하려는 것도 아니다."

그는 무열에게 마치 속삭이듯 낮은 목소리로 말했다. 꼭 누군가 들을까 봐 비밀 얘기를 하는 것처럼.

"오히려 그 반대지. 나는 녀석들을 보호하기 위해 이 산맥에 왔다."

"보호? 네가?"

"신수가 가장 약할 때가 언제인지 아나? 바로 지금이다. 새끼를 출산할 때 말이다."

[우으으으으…….]

분만을 하는 산모의 목소리처럼 알카르의 낮은 포효가 언덕을 가득 채우기 시작했다.

[크우우우……!!]

[아우우……!!]

마치 그의 포효에 대답이라도 하는 것처럼 산맥 전체의 날짐승들이 일제히 울음을 울었다.

카토 치츠카는 그 소리를 들으며 자신의 단검을 집어넣으며 말했다.

"갓 태어난 신수는 자신의 어미에게 힘을 물려받기 전까지는 그냥 평범한 동물과 똑같다. 그리고 자식에게 자신의 신력을 물려주기 위해 어미는 출산 이후 자신의 힘을 응축시키지."

손가락을 동그랗게 말아서 무열의 앞에 보여주며.

"응축된 힘은 마치 작은 은단 같지. 새끼가 쉽게 먹을 수 있도록 말이야."

그는 말았던 손가락을 펼치며 마치 뭔가가 터지는 것 같이 손가락을 튕겼다.

"그런데 이게 엄청난 힘을 가지고 있다고 하더군. 랭크 업

한 단계 정도는 우습지 않게 할 수 있을 정도, 아니, 어쩌면 두 단계도 가능할지도 모르지."

"……."

"그래서 노리는 놈이 많지. 50년에 한 번. 신수가 교체되는 순간을 손꼽아 기다리는 사람들이 말이야. 비단 외지인인 우리들이 아니라도, 바로 7왕국이 움직인다."

"……!!"

"7왕국 중 알카르를 엠블럼으로 새긴 왕국은 모두 세 곳. 그 중에 열세인 한 곳을 제외하고 번슈타인가(家)와 라니온가(家)가 모두 이곳으로 집결하고 있다."

카토 치츠카는 무열을 향해 물었다.

"트라멜의 영주인 너라면 그 두 왕국의 힘이 얼마나 대단한지 알겠지?"

야뢰왕(野雷王), 벤퀴스 번슈타인.

설명이 필요 없는 7왕국 중 가장 거대한 영토를 가진 패왕(覇王).

연꽃의 여왕 튤리 라니온.

번슈타인 가문보다는 권세가 약하다고는 하지만 라니온 가문은 7왕국 중에 전통적인 왕가(王家)로 불리며 과거 7왕국을 통치하기도 하기도 했었다. 벤퀴스 번슈타인에게 대적할 수 있는 두 개의 가문 중 하나이기도 했다.

카토 치츠카는 거기서 말을 멈추지 않았다. 검지를 세우면서 그가 경고를 하듯 말을 이어갔다.

"그리고 또 한 명. 동부에 거점을 만들고 용암지대를 평정한 강자."

"……알라이즈 크리드."

무열은 치츠카의 말에 기다렸다는 듯 대답했다.

용군주, 알라이즈 크리드.

인간군 4강에 들지는 못했지만 그건 시기적인 문제였을 뿐 충분히 들 수 있을 만큼 대단한 실력자였다. 게다가 지금 시점이라면…….

'그 부족을 통합했겠지. 그렇게 된다면 휀 레이놀즈라든지 안톤 일리야보다 훨씬 더 강력한 존재라고 할 수 있다.'

붉은 부족.

용족은 아니지만 용의 피를 물려받은 반인반마의 특이한 토착인들. 그들은 얼굴과 몸은 사람과 별반 다르지 않지만 엉덩이에 파충류의 꼬리를 달고 있었다.

부족원 하나하나가 모두 일당십의 실력을 가지고 있다고 알려져 있을 만큼 호전적인 데다가 강하기까지 했다. 붉은 부족이 없었다면 알라이즈 크리드는 화룡을 잡을 수 없었을지도 모른다고 할 정도로 용군주에겐 떼려야 뗄 수 없는 전력이었다.

"그래, 그 붉은 부족의 왕도 녀석을 노리고 있다."

치츠카의 말에 무열은 살짝 입술을 깨물었다. 일이 복잡하게 되었다. 어쩌면 트라멜을 수복할 때의 난전보다 훨씬 더 치열한 전쟁이 일어날지도 모른다.

"북부에서 내가 확인한 소식으론 번슈타인에서 출정한 병력은 약 1천, 그리고 라니온에서 800명이었다. 붉은 부족은 300명이라 확실히 두 세력보다는 떨어지지만 그들의 실력을 생각하면 무시 못 할 전력이지."

"넌 어떻게 그런 정보를 알고 있지?"

"나 역시 북부에 터를 잡은 한 사람이니까. 네가 남부에 있는 동안 우리 역시 북부에서 많은 일이 겪었다…… 정도만 말할까?"

카토 치츠카는 가면을 천천히 벗었다.

묘한 눈동자. 어떻게 보면 무기력해 보일 정도.

무열은 조금 전 자신의 목에 단검을 겨눌 정도의 실력자가 이런 느낌일 것이라고는 상상하지 못했다.

"트라멜은 좋은 지역이다. 확실히 거점으로 삼기 충분하지. 하지만……."

무기력해 보였던 그 눈빛이 순식간에 바뀌었다. 무열은 자신도 모르게 저릿한 느낌을 받았다.

이강호, 휀 레이놀즈, 그리고 염신위까지, 과거 인간군 4강

중 3명을 마주했을 때에도 이런 느낌을 받진 못했다.

"넌 모르겠지만 북부 최북단에 내 마을 하나가 있다. 그리고…… 북부의 추위를 견뎌낸 검날은 트라멜을 위협하기 충분하지."

그는 가볍게 웃었다.

"……너 역시 권좌를 노리고 있다는 말로 들리는데."

"크큿. 그렇게 매섭게 보진 말지? 네 말대로 그럴 수도 있지. 하지만 적어도 지금은 아니니까. 언제 시간 되면 놀러 오는 것도 좋지. 공평한 거래를 위해 이렇게 얼굴까지 보였는데, 안 그래?"

그의 눈빛은 다시 바뀌었다. 사람 좋아 보이는 미소를 짓는 얼굴.

시시때때로 돌변하는 그의 모습에 무열은 가늠을 하기 어려웠다.

"나와 손을 잡지 않겠나?"

카토 치츠카는 조심스럽게 무열을 향해 말했다.

"……뭐?"

"녀석들로부터 신수를 지키자는 말이다."

눈꼬리가 초승달처럼 꺾였다.

"너에게도 도움이 되는 일일 거다. 권좌를 노리는 자라면 말이야."

웃고 있지만 그 웃음 속에 숨겨져 있는 날카로운 눈빛이야
말로 어쩌면 진짜일지 모른다.

카토 치츠카는 무열을 향해 손을 뻗었다.

"번슈타인, 라니온, 그리고 붉은 부족까지. 그 셋을 잡는 거
다, 너와 내가."

43장
신수 사냥 (2)

"너와 나?"

"그래, 너와 나라면 그 셋을 막고 알카르를 지킬 수 있다. 어때, 내게 힘을 빌려주겠나?"

자신 있는 목소리로 말하는 카토 치츠카. 그는 무열이 어떤 대답을 할지 이미 알고 있다는 듯 자신 있는 표정이었다.

무열은 앞에 내민 손을 바라봤다. 그러고는 천천히 고개를 들었다.

그 순간 그는 카토 치츠카를 바라보며 차가운 목소리로 말했다.

"내가 왜?"

예상하지 못한 대답.

무열을 향해 내민 손이 꿈틀거렸다.

"……뭐?"

"내가 왜 너에게 힘을 빌려줘야 하느냐 말이다."

"지금까지 내가 한 말이 이해가 가지 않나? 7왕국의 실세와 알라이즈 크리드까지 이곳으로 집결하고 있단 말이다."

"그래서?"

"……그래서라니. 지금 나와 말장난을 하자는 거야?"

카토 치츠카는 생각지도 못한 무열의 반응에 어이가 없다는 표정이었다.

"너야말로 우습군. 내가 널 어떻게 믿지? 기껏해야 우리의 인연이라고는 카토 유우나가 언급한 히든 이터라는 너의 클래스 이름이 전부인데."

"……."

"내가 너와 손을 잡는 것보다 7왕국과 손을 잡는 게 더 이득일 수도 있을 거란 생각은 안 해봤나?"

"이봐, 알카르는 죽으면 안 된다. 그의 새끼도 죽어선 안돼. 그랬다가는 북부가 난리가 날 거란 말이다."

"알고 있다."

"그러니……."

"훗, 북부의 소문이야 네가 그쪽에 있었으니 들었다고 쳐도 이미 내가 움직이기 전에 넌 이곳에 왔지. 오히려 나보다 빠르게 말이야."

다급해하는 카토 치츠카의 말을 끊으며 무열은 가볍게 콧방귀를 뀌었다.

"그게 어때서?"

"그건 애초에 내 존재를 떠나서 7왕국과 붉은 부족을 피해 알카르를 구할 수 있는 어떤 방법이 있다는 걸 말하는 것 같은데."

"……."

"손을 잡길 원한다면 고작 네 얼굴이 아닌 네가 가진 패를 꺼내놔야지. 안 그래?"

무열의 말에 카토 치츠카의 입꼬리가 가볍게 올라갔다. 그러고는 그에게 내밀었던 손을 다시 회수하며 머리를 긁적였다.

"이거야 원……. 못 당하겠군. 이 정도로 얘기하면 웬만하면 넘어갈 거라고 생각했는데 말이야."

"말해봐라. 네가 생각하고 있는 계획이 쓸 만한 건지 아닌지는 내가 판단한다."

카토 치츠카가 자신의 지도를 꺼냈다. 아직 무열이 탐색하지 못한 북부 일대의 지형이 제법 자세하게 제작되어 있었다.

'저걸 배웠군. 저 정도의 퀄리티라면 지도 제작 스킬이 제법 높아 보이는데.'

무열의 시선을 느낀 듯 카토 치츠카는 그를 바라보며 말했다.

"혹시 지도 제작을 배웠나?"

"물론."

"숙련도가 어떻게 되지? 참고로 나는 현재 D랭크 15%로 군. 손을 잡기 위해선 다 알려줘야 한다고 했으니까."

자신의 스킬 랭크를 아무렇지 않게 얘기하는 것도 모자라 카토 치츠카는 무열을 향해 웃었다.

"그런 것까지 알려줄 필요는 없는데."

"혹시 랭크가?"

"나 역시 D랭크다."

무열은 잠시 뜸을 들이다가 대답했다. 그가 왜 자신에게 숙련도를 묻는 건지 이미 알고 있었기 때문이다.

"훌륭하군. 예상대로야. 권좌를 노리는 자라면 이 능력이 얼마나 중요한지 알 테니까."

카토 치츠카는 자신의 지도 위에 손을 얹었다. 그러자 옅은 빛이 흘러나오더니 무열의 앞에 작은 메시지창이 떠올랐다.

[지도 공유(Map Sharing)가 가능합니다.]
[지도의 내용을 추가하시겠습니까?]

[자신의 지도 내용을 공유할 수 있습니다.]

[지도의 내용을 전송하시겠습니까?]

두 개의 메시지창을 바라보며 무열은 그에게 뭔가를 말하려고 했다. 그러나 그 순간 이미 카토 치츠카는 먼저 선수를 치며 버튼을 누르며 대답했다.

"굳이 네 지도를 공유하지 않아도 상관없다. 이건 내가 가진 패를 보이기 위함이니까. 일일이 설명하는 것보다 이게 더 편하니 말이야."

지도 공유(Map Sharing).

자신이 제작한 지도를 현물화하지 않고 상대방의 시야에 나타나게 할 수 있으며, 또한 그 정보를 지도 제작 스킬을 가진 사람에게 전송 혹은 공유를 할 수 있게 하는 지도 제작(Cartography)의 D랭크 스킬.

카토 치츠카는 마치 그림을 그리는 것처럼 손을 움직였다. 그러자 무열의 지도 중에 아직 완성되지 않은 북부의 정보들이 서서히 채워지기 시작했다.

"남부 일대에 네 세력이 있다는 얘기는 들었다. 그렇다면 더더욱 지도 정보를 공유하고 싶지 않을 테니까 말이야."

"그 말은 너는 정보를 공유해도 상관없다는 것처럼 들리는데. 너 역시 권세를 만드는 중이라고 하지 않았나?"

"맞아. 하지만 상관없다."

"…… ?"

[지도 공유(Map Sharing)가 끝났습니다.]
[북부 지역의 새 정보가 저장되었습니다.]

무열의 지도에 눈이 쌓인 것 같은 새하얀 지형이 새롭게 생성되었다.

'북부 설원…….'

오랜만에 보는 지형 때문일까, 아니면 그곳에서 뭔가 있었던 걸까. 그는 감회가 새로운 표정이었다.

"지금은 아무리 찾으려 해도 찾을 수 없을 테니 말이야."

카토 치츠카는 자신 있는 목소리로 말했다.

'북부에 내가 모르는 장소가 있던가?'

아무리 병사에 불과했다 하더라도 세븐 쓰론에서 15년이나 살아온 그였다. 전투에 참여하면서 가장 필수적인 것은 지형을 숙지하는 것.

어쩌면 일종의 허세일지도 모른다는 생각이 들었지만 카토 치츠카의 모습을 봐서는 그런 허수를 날릴 것 같진 않았다.

'좀 더 조사해 볼 필요가 있겠어. 히든 이터. 자신 있어 보이지만 내게 이 정보를 넘긴 게 큰 실수라는 걸 알게 해주지.'

서로 간의 대화는 무척이나 친절해 보였지만 그 안에 있는 견제는 검을 들고 싸우는 것보다 더 치열했다.

그걸 아는지 모르는지 카토 치츠카는 먼저 말을 꺼냈다.

"여기가 우리가 있는 카나트라 산맥이다. 양쪽으로 이어지는 커다란 산맥은 규모에 비해서 지나갈 수 있는 길은 크지 않지."

그는 자신의 지도의 일부를 잘라 공중으로 띄웠다.

지도 제작 스킬 D랭커 이상만이 쓸 수 있는 스킬.

마치 홀로그램처럼 펼쳐진 지도를 양손으로 잡아당기자 커다랗게 확대가 되었다.

"아마도 북부에서 움직이는 7왕국은 왼쪽 길을 따라 올 거다. 그와는 반대에 위치한 라이즈의 권세는 오른쪽 길을 따라 오겠지."

양 갈래로 나뉘어 있는 두 길의 교차점.

거기서 아주 조금 비껴 나간 곳에 지금 알카르의 둥지가 있었다.

"이곳에서 녀석들을 소탕한다."

너무 가까웠다. 산맥 초입에서부터 적을 막는 것도 아닌 내부에서, 그것도 지켜야 할 목표가 있는 곳에서 말이다.

단 한 번의 기회.

무열은 인간군의 전술 팀이 지금 이 얘기를 들었다면 펄쩍 뛸 거라는 생각이 들었다.

'녀석들은 위험을 넘으면 얻을 수 있는 큰 이득이 아닌, 일정 이득을 포기하더라도 완벽하게 이기는 안전한 전투만을 고집했으니까.'

물론, 그게 인간군의 전멸로 향하게 만들었지만 말이다.

"확실히 세 세력을 일망타진하려면 그 방법밖에 없겠군."

"말이 통하는군."

"하지만 기껏해야 이곳과 둥지와의 거리는 1㎞ 남짓. 반대로 실패한다면 알카르가 더 위험해진다. 길이라도 막지 않는 한 녀석들은 차라리 적을 무시하고 알카르가 있는 곳으로 달리겠지."

"그건 걱정 마라. 길을 막을 거니까."

"어떻게?"

카토 치츠카는 양쪽 길의 입구가 아닌 두 개의 길이 마주하는 사이에 동그랗게 원을 그렸다.

"화공(火攻)이다. 7왕국이나 붉은 부족이나 모두 우리와 다른 토착인. 내성력이 존재하지 않는 한, 눈앞에 있는 불을 뚫고 들어올 수 있는 자는 몇 안 되지."

나쁘지 않은 제안이다.

확실히 인간이 두려워하는 것 중 하나가 불이니까.

턱밑에서 타오르는 불 앞에서 오는 혼란. 그걸 진정시키는 건 어려운 일이다. 특히 적과 함께 있는 상황이라면 더욱더 쉽지 않을 것이다.

하지만 무열은 그의 계획에 날카롭게 물었다.

"고작 불이라고? 너라면 붉은 부족이 어떤 녀석들인지 잘 알 텐데."

붉은 부족.

용의 피를 물려받은 반인반마($^{半}人^{半}魔$)의 특이한 종족.

그들을 용이 아닌 '마'라는 단어를 사용해서 표현하는 것은 단순히 용이 가진 체력이 아닌 그들의 마력을 물려받았기 때문이다.

그들뿐만 아니라 대륙에는 용의 피를 물려받은 인간 부족이 몇 개가 더 있다. 그중에서도 붉은 부족은 그 이름 그대로 화염 계통의 특수한 힘을 가지고 있었다.

"그렇지. 그렇기 때문에 네 힘이 필요하다."

"내 힘이?"

"너의 부대에 환술사가 있다고 하던데. 오행의 힘을 쓸 수 있는 환술사라면 화공의 뒤에 흙벽을 만들어 그들을 가둘 수 있으니까."

카토 치츠카는 다시 한번 지도 위에 원을 그렸다.

"그리고 그 뒤로 언덕 위에서 너의 부대가 녀석들을 진압한다. 만일을 대비해서 나와 내 일행은 알카르에게 향하는 입구를 막는 거지."

"흐음."

"7왕국과 붉은 부족에게서 나오는 전리품은 모두 너에게 양보하지. 혹여나 그들 중에 하나라도 목을 벨 수 있다면 최소한 레어급 아이템을 드랍할 테고."

확실히 구미가 당기는 일이었다.

"화공은 우리가 준비하고 있다. 시작은 우리가 할 테니 마무리만 너에게 맡기겠다. 별로 어려운 일이 아닐 테니까. 어때?"

무열은 카토 치츠카를 바라봤다.

"이봐."

그러고는 가볍게 웃었다. 그러자 그 역시 무열을 따라 입꼬리를 살짝 올렸다.

그러나.

"장난할 거라면 꺼져라."

"······뭐?"

돌변하는 무열의 눈빛.

"세 치 혀를 놀릴 거라면 꺼지라는 말이다. 시작은 너희가 할 테니 마무리는 우리가 하라고? 어디서 말 같지도 않은 소리를."

"그게 무슨······?"

카토 치츠카가 당황스러운 목소리로 물었다.

"내가 조금 전에 말했지? 가진 패를 보이지 않으면 협력은

236 스킬의 왕 5

없다고."

"그래서 모두 말했잖아. 너야말로……."

"똑똑한 녀석인 줄 알았더니 아닌가 보군. 내가 설명해 줄까?"

"무엇을……."

꿀꺽.

되물었지만 무열의 말에 카토 치츠카는 자신도 모르게 마른침을 삼켰다.

불안감.

그걸 무열은 놓치지 않고 파고들었다.

"네가 말한 대로 적의 병력은 1천 명이 넘는다. 그들을 모두 전멸시킬 수 있을까? 우두머리의 목을 베면 얻을 수 있는 아이템보다 우두머리가 살아서 돌아갈 수 있을 가능성이 훨씬 더 높다고는 생각 안 해봤지? 만약 저들 중에 살아 돌아가는 자들이 있다면. 그건 모두 트라멜의 적이 될 텐데."

"……."

카토 치츠카의 말은 언뜻 듣는다면 손해 볼 게 없을 정도의 좋은 조건처럼 들린다. 준비된 무대에서 약간의 도움을 주면 많은 것을 얻을 수 있다고 말하고 있으니까.

"그리고 만일을 대비해서 알카르로 향하는 길을 너희가 맡는다? 이 전투의 목적이 뭔지 알면서 누구 좋으라고 내가 너희에게 그런 일을 시키지?"

고작 처음 만난 두 사람.

자신에게 이득이 없는 거래야말로 이 난세에선 깨지기 십
상이었다.

또한 무열은 그의 말 속에서 허점을 찾았다.

"게다가 네가 1천 명이 넘는 병력을 모두 가둘 만큼의 화공
을 준비하고 있다라니."

뿐만 아니라 그가 숨기고 있는 것까지.

"어떻게?"

"……."

"환술사도 없는 네가 그런 대규모 화진을 만들 수 있다는
말은 곧 넌 여전히 뭔가 숨기고 있다는 거겠지. 그 병력을 에
워쌀 수 있을 만큼의 불꽃을 지필 수 있는 네 패를 말이다."

무열은 그를 바라보며 또박또박 말했다.

"카토 유우나."

그와 함께 산맥을 들어온 한 사람. 히든 이터가 눈앞에 있
는 지금, 그 한 사람의 정체가 그녀라는 것은 확실했다.

수많은 던전을 클리어하고 누구보다 많은 위업을 획득한
그녀였지만 15년 동안 밝혀지지 않은 것이 있다.

바로, 그녀의 직업(Class).

히든 이터(Hidden Eater)라는 이명을 가지고 있었지만 그게 그

녀의 것이 아니라면…….

"네가 가지고 있고 끝까지 숨기려고 했던 카토 유우나라는 패. 그녀의 능력이 뭔지 내게 말해."

무열은 상공에 펼쳐진 지도에 손을 가져가서는 몇 개의 원을 그렸다. 겹겹이 쳐지는 원은 카토 치츠카가 말했던 것보다 훨씬 더 단단했다.

"최혁수의 진법, 윤선미의 마녀술, 그리고 나의 부대까지. 안 하면 안 했지 만약 시작한다면 나는 적을 살려둘 생각이 없다. 1천 명이 넘는 병력을 모두 잡기 위해 내 모든 걸 쓸 것이다."

카토 치츠카의 눈빛이 떨렸다.

"네가 가진 패가 쓸 만하다면……."

차가운 공기임에도 불구하고 그의 이마에서 땀방울이 주르륵 흘러내렸다.

무열은 그걸 보며 나직한 목소리로 말했다.

"내 권세에 널 끼워주지. 내 장기말이 돼라."

"미치겠군……."

카토 치츠카는 무열의 말에 졌다는 듯 고개를 저으면서 말했다.

"역시 쉬운 사람이 아니군."

"수백의 목숨이 달린 일이다. 내 사람을 고작 너의 어처구니없는 계획에 희생시키라는 네 생각이 오히려 어이가 없는 일이지."

그는 한순간 망설였다. 이제는 자신의 패를 어디까지 보여야 할지 고민해야 할 때였다.

자신이 생각한 마지노선은 어쩌면 여기까지. 그 이상 파고든다는 건…… 그다지 좋은 상황은 아니었다.

하지만.

'어쩔 수 없나……. 하긴, 내가 선택을 한 상황이니.'

카토 치츠카는 살짝 입술을 깨물면서 결심을 한 듯 고개를 끄덕였다.

'알라이즈는 그렇다 쳐도 번슈타인과 라니온, 두 세력은 어떻게 해서든 이곳에서 무력화시켜야 하니까. 그러기 위해선…… 강무열의 힘이 필요해.'

북부로의 활로를 찾기 위한 방도. 그 걸림돌이 바로 7왕국의 실세라 할 수 있는 두 가문이었으니까.

강무열이 거점으로 하고 있는 트라멜은 모든 곳으로 통하는 요충지이지만 그렇기 때문에 오히려 많은 견제를 받을 수밖에 없다.

'최북단에 위치한 내 권세에 있어서 위험이 되는 건 오히려 강무열이 아닌 7왕국.'

이 짧은 순간에도 그의 머릿속은 빠르게 움직였다.

'카토 유우나의 능력 여하에 따라 이곳에서 두 사람을 처리

하느냐 안 하느냐를 결정한다.'

그리고 그건 무열 역시 마찬가지였다.

'북부 설원에 거점을 만들었다는 건…… 중앙으로 진출이 무엇보다 절실할 터. 넘어야 할 관문이 많아.'

무열은 카토 치츠카를 바라보며 가볍게 웃었다.

'네가 번슈타인과 라니온가(家)를 이곳에서 처리하려고 하는 이유는 잘 알지.'

중앙 진출.

'나 역시 그 두 세력을 처리하고자 했으니까.'

42거점이 있기 때문이다.

포스나인 강을 따라 만들어져 있는 42거점은 7왕국과 가장 근접해 있는 외지인의 거점이다. 그 말은 곧, 북부에서 중앙으로 넘어오기 위해서 필요한 또 하나의 관문이 바로 42거점이 된다는 것. 그리고 이걸 뒤집어 생각하면…….

카토 치츠카와는 완전히 다른 이유가 된다.

바로, 북부 진출.

7왕국의 소멸은 결국 두 사람의 이해관계에 맞물려 모두 필요하다.

동맹이란, 이런 것이다. 대의를 위해서 혹은 명예를 위해서라기보다 자신의 이익에 조금 더 필요하기에 만들어지는 것.

카토 치츠카는 결국 자신의 패를 꺼내기로 마음먹었다. 하지만 쉽사리 꺼내어 보여주고 싶은 마음은 없다.

"장기말이 될지 안 될지는 알아서 판단을 할 일이지만 이대로 내 패만 보여주는 건 너무 손해인걸. 너도 알겠지, 세븐 쓰론에서 자신의 클래스를 알린다는 게 어떤 의미인지. 게다가 이건 내 정보도 아니니 더더욱 그 여파가 어떨지 모르지."

"그럼?"

그는 기다렸다는 듯 말했다.

"네 직업."

"……."

"강무열이란 남자의 직업도 우리에게 알려줘야 공평한 거래가 될 것 같은데."

카토 치츠카는 남부 경기장에서 무열이 획득한 클래스가 무엇인지 궁금했다.

알려지지 않은 히든 클래스. 지금 상황에서 그 존재를 아는 건 몇 되지 않을 것이다.

하지만 그는 알고 있다. 바로 자신이 히든 이터(Hidden Eater)라는 숨겨진 클래스를 가지고 있는 장본인이니까.

"화염의 군주."

그의 물음에 무열은 망설임 없이 대답했다.

"내가 남부 경기장에서 얻은 클래스이다. 조금 전에도 봤겠지만."

화르르륵……!!

무열은 검을 뽑아 화진검(火眞劍)을 펼쳤다.

"검날에 예기와 함께 화염을 머금게 할 수 있다."

"……멋지군."

카토 치츠카는 무열의 검을 바라보며 가볍게 눈을 동그랗게 떴다.

"이 정도면 충분히 설명이 되었을 것 같은데."

"물론, 네가 모두 알려줄 거라고는 기대하지 않았으니까."

그는 고개를 끄덕였다. 그러고는 무열을 관찰하듯 위에서 아래로 훑으면서 나지막한 목소리로 말했다.

"화염의 군주라……. 그렇군. 군주라는 명칭을 봐서는 등급은 로드(Lord)급일 가능성이 높다고 본다면 최소 유니크 클래스라는 거로군. 그렇다면 히든 스테이터스도 얻었을 가능성이 있겠고 말이야."

"……"

"현재 군주에 가장 가까운 클래스를 얻은 사람은 하이랜더(Highlander)의 휀 레이놀즈. 그가 자신의 병력에 영향력을 끼치는 특성을 가지고 있는 걸 봐서는 너도 그럴 가능성도 배제할 수 없겠군."

"너, 휀 레이놀즈의 히든 스테이터스가 무엇인지까지 알고 있나? 어떻게?"

무열의 물음에 카토 치츠카는 피식 웃었다.

"글쎄."

그의 대답에 무열은 인상을 찡그렸다. 자신 역시 휀 레이놀즈의 하이랜더가 주는 히든 스테이터스가 무엇인지 알고 있다. 그러나 그는 미래의 정보를 통해서 알고 있는 것뿐. 지금 상황에서 유니크 클래스뿐만 아니라 특성까지 알아낸다는 건 거의 불가능한 일이었다.

'정말······ 검귀(劍鬼)인 건가.'

신출귀몰한 능력을 가진 베일에 싸인 존재. 이런 걸 할 수 있는 사람이라곤 그 사람뿐이란 생각이 자꾸만 들었다.

짝.

"좋아. 이제 내가 말할 차례군."

무열의 정보를 곰곰이 뜯어보던 그는 가볍게 손뼉을 치고는 무열의 주의를 집중시키며 말했다.

손뼉 소리에 무열이 그를 바라봤다.

잠시 숨을 고르던 그는 조심스럽게 말했다.

"그녀는 직업이 없다."

"······뭐?"

전혀 생각지도 못한 말이었다. 무열은 지금까지 단 한 번도 그런 생각을 해본 적이 없던지라 자신의 귀를 의심했다.

15년 동안 세븐 쓰론에서 살아오면서 클래스가 없는 사람은 본 적이 없다. 심지어 생산 클래스 역시 자신의 스킬에 따라 직업을 얻는다.

그렇기 때문에 당연하게 생각했다. 세븐 쓰론에서 강해지기 위해서, 살아남기 위해서는 클래스를 얻어야 한다라고.

"설마…… 1차 전직을 하지 않은 E랭커라는 거냐?"

유일한 가능성.

무열은 조심스럽게 그에게 물었다. 그러나 그의 예상대로 카토 치츠카는 고개를 저었다.

"아니."

"그게 말이 돼?"

"말이 안 되지. 하지만 말이 돼. 정확히 말하면 카토 유우나에게도 직업은 있다."

"……."

"비기너(Beginner)."

"……초심자?"

처음 들어보는 직업이었다.

"우리가 알기론 그렇지. 하지만 재밌지 않나? 세븐 쓰론에선 새로운 의미로 쓰이니 말이야."

무열이 그를 바라봤다.

"단어 그대로."

카토 치츠카는 말에 힘을 주었다.

"시작하는 자."

"그 직업의 능력은 뭐지?"

"정확히는 나도 잘 모른다. 하지만 내가 아는 한에서 말해 주지. 거래를 위해서 말이야."

그는 손바닥을 펼치고는 천천히 움켜쥐며 말했다.

"아무것도 할 줄 모른다. 하지만 반대로 모든 걸 할 수 있는 직업이기도 하지."

"…… . "

"내가 알려줄 수 있는 건 여기까지. 너도 모든 걸 말한 건 아니니까 말이야. 궁금하지 않나? 그녀가 만들 화공(火攻)이 어떤 것인지."

동맹에서 제안으로.

그는 무열의 호기심을 자극하는 말을 남김과 동시에 또 다른 승부수를 띄웠다.

"조심하는 게 좋을 거다, 무열. 나머지 랭크 업 던전의 비석에서 너를 대적해 가장 높은 기록의 이름을 남길 수 있는 사람은 그녀가 될 테니까."

호승심(好勝心).

카토 치츠카의 말에 무열은 자신 있다는 듯 대답했다.

"얼마든지."

"어때, 내 패가 마음에 드나?"

"아직은 모르지. 네 말대로 그녀가 만들 화공이 어떤지는 봐야 하니까."

"그래도 궁금하기는 하다는 뜻이군."

그 정도면 충분했다.

카토 치츠카는 다시 한번 자신의 손을 내밀며 말했다.

"동맹은 결성이로군."

"일단은."

무열 역시 고개를 끄덕였다.

"참, 내 이름을 말하지 않은 듯싶군."

그는 씨익 웃었다.

"나는 카토 치츠카. 유우나의 오빠이다."

패스파인더라는 또 다른 직업을 숨긴 무열만큼 카토 치츠카는 대륙에서 통용되는 자신의 이름이 박종혁이라는 것을 숨겼다.

사실상, 카토 치츠카라는 이름은 이곳에서 존재하지 않는 이름이었다.

보일 듯 말 듯 하면서도 적어도 자신의 밑바닥의 밑바닥은 끝까지 숨기는 대화 속에서 두 사람은 서로의 손을 잡았다.

"강무열이다."

긴 대화 속에서, 결국 두 사람의 손이 가볍게 흔들렸다.

어쩌면 서로 닮은 면이 있기 때문일까?

느낌이 나쁘지 않다.

북부의 열악한 환경에, 그것도 숨겨진 장소에 터를 잡은 카토 치츠카는 권세의 규모로 논한다면 여전히 잠룡(潛龍)이라 할 수 있을 것이다.

반대로 트라멜이란 요충지를 자신의 거점으로 삼아 대륙의 한 점을 확실하게 찍은 무열이야말로 지금 시점에서 이견 없는 승천룡(昇天龍)일 것이다.

과거, 인간군 4강에 존재하지 않은 두 사람.

서로에게 좋은 동료가 될지도 모른다.

하지만 두 사람은 서로를 바라보며 느꼈다. 동료가 되지 못한다면 자신의 앞에 있는 이자야말로 권좌를 향하는 행보에 있어서 가장 큰 적이 될 것이라는 걸.

"그럼……."

무열은 카토 치츠카를 바라보며 말했다.

"이제 내 계획을 말하지."

카나트라 산맥.

남부 입구.

숲을 지나가는 행렬.

800명의 병력이 늘어선 모습은 가히 장관이었다.

"모두 멈춰라."

착―!!

차착――!!!

선두에 선 여인이 손을 들어 올렸다. 그러자 병사들이 일제히 걸음을 멈추고 경계를 하듯 주위를 살폈다.

은빛의 티아라엔 둥근 꽃 모양이 새겨져 있었고 긴 생머리를 늘어뜨린 그녀는 특이하게 흰털에 검은 얼룩무늬가 있는 순록의 위에 타고 있었다.

카르곤과는 또 다른 세븐 쓰론의 동물.

겨울 순록이라고 불리며, 오직 라니온 가문의 핏줄만이 부릴 수 있고 탈 수 있다고 알려진 실버테일(Silver Tail).

둥근 스태프를 치켜세우자 일사불란하게 병사들은 전방을 향해 창을 고쳐 잡았다.

"누구냐."

어둠을 뚫고 얼음처럼 차가운 목소리가 들렸다.

연꽃의 여왕, 튤리 라니온. 그녀의 말에 주위에 있던 기사들은 검을 뽑고서 그녀가 바라보는 곳을 주시했다.

저벅, 저벅.

숲에서 천천히 걸어 나오는 하나의 인영.

가면을 쓴 정체불명의 남자의 등장에 모두가 긴장했다.

"7왕국의 툴리 라니온은 냉정하고 이성적으로 보이지만 왕들 중 의심이 많은 여자다. 네가 그녀에게 모습을 보인다면…… 알카르를 향하던 걸음을 멈출 것이다."

"하하…… 강무열."

그는 800명의 병사를 바라보며 낮은 한숨을 내쉬었다.

"이런 말도 안 되는 계획을 세우다니 말이야……."

"가면은 벗지 마라. 그게 핵심이니까. 아무것도 할 필요 없다. 그냥 도망치면 된다. 내가 말한 이곳으로. 그러면 그녀는 널 따라올 거다."

카토 치츠카는 무열의 목소리가 들리는 것 같았다.

그는 마치 무열에게 말하듯 중얼거렸다.

"미끼가 되라니. 아무리 장기말로 쓰라고 했다고 해도 이건 너무 하잖아? 아무리 나라도 저 정도 인원에게 잡히면 죽는다구."

"정체를 밝혀라!!"

"네놈! 여기서 무엇을 하는 거냐!!"

"지금 가면을 벗어라!!"

기사들이 일제히 그를 향해 소리쳤다.

"뭐, 그래도 어디…… 도박을 걸어볼까."

낮은 웃음. 아니, 흥분.

카토 치츠카는 들리지 않을 정도로 작은 목소리로 중얼거렸지만 자신도 모르게 입꼬리가 가볍게 올라가 있음을 느꼈다.

"흡……!!"

그는 얼굴을 가린 가면을 제대로 고쳐 쓰고는 있는 힘껏 달리기 시작했다.

"쫓아라!!!"

그의 돌발 행동에 튤리 라니온은 황급히 자신의 스태프를 들어 그가 있는 방향을 가리키며 소리쳤다.

두두두두……!!!

두두……!!

병사들이 일제히 카토 치츠카의 뒤를 쫓아 달리기 시작했다.

자신이 처음 세웠던 계획. 양쪽 길이 마주하는 교차점에서의 전투.

무열은 그 계획은 완전히 뒤집어엎었다.

'믿어보는 수밖에.'

이제 막 만난 사이임에도 불구하고 이런 말도 안 되는 계획을 세우고 실행하는데 어쩐 일인지 한 치의 의심도 하지 않았다.

"그 녀석의 말대로 이 앞에 동굴이 없으면…… 죽는 거겠지."

카토 치츠카는 자신의 척추를 타고 흘러내리는 가벼운 전율을 느꼈다. 바로 조금 전, 강무열이란 남자가 만든 계획을 들었을 때와 마찬가지로.

44장
툴리 라니온

카나트라 산맥.

북부 지역을 관통하는 거대한 산맥에는 여러 개의 동굴이 존재한다.

알려진 대부분의 동굴은 산맥 아래에 사는 소규모 촌락들의 터전이었다. 또한, 신수가 존재하는 터전은 경외시되었기 때문에 제대로 된·지형 조사가 이뤄지지 않아 여전히 밝혀지지 않은 곳이 많았다. 징집된 외지인은 물론이거니와 7왕국조차도 모르는.

"헉…… 헉헉……!!"

카토 치츠카는 온 힘을 다해 산속을 달리고 있었다.

'제발…… 따라와라.'

확신을 내릴 정보는 없었다. 기껏해야 기댈 수 있는 건 무열이 말해준 여왕의 성격뿐.

퓌이이이익———!!!

상공에서 마치 폭죽처럼 불꽃이 터지면서 밤하늘을 환하게 비추었다.

'이걸로 두 번째.'

그는 고개를 돌려 그 화염을 바라보며 생각했다.

무열이 가지고 있던 신호탄.

자신에게 지시를 내리던 그가 했던 말.

"첫 번째 신호탄이 터지면 오르갈에 있던 내 병사가 모두 집결할 것이다. 그리고 두 번째 신호탄이 터지면 병사들의 집결이 되었다는 뜻이다. 그리고 마지막 세 번째."

무열은 몸을 돌려 빠르게 산맥을 타고 내려가며 말했다.

"마지막이 터지기 전까지 이곳으로 와라."

전혀 생각지 못한 장소.

지도에도 나와 있지 않은 곳이다. 하지만 망설임 없이 그 말을 끝으로 사라지는 무열을 보며 카토 치츠카는 한 번쯤 도박을 하기로 했다.

각개격파(各個擊破).

세 개의 세력을 묶어서 한 번에 섬멸하려던 그의 생각과 달리 무열은 오히려 덩치가 커진 적을 상대하는 것보다 자신만이 알고 있는 지형지물을 이용하기로 했다.

탁— 타탁.

나뭇가지를 손으로 부러뜨리며 실수인 척 병사들이 자신을 따라올 수 있도록 거리를 맞추며 달리던 카토 치츠카가 고개를 들었다.

'저기다.'

눈앞에 있는 검은 구멍.

"쫓아라!!"

"얼마 가지 못했다!!"

카토 치츠카는 함성을 지르며 자신의 뒤를 바짝 쫓아오는 그들을 보며 고개를 끄덕였다.

'이제…… 마지막!!'

그는 있는 힘껏 자신의 몸을 그 안으로 밀어 넣었다.

"여왕님, 어떻게 할까요?"

"이 산맥은 사람의 발길이 닿지 않는 곳이다. 그런 곳에 사람이 있었다. 저자는 벤슈타인가에서 온 밀정일지 모른다. 아니면…… 외지인들이 이곳에서 뭔가 꿍꿍이를 준비하는 걸지도 모르지."

카토 치츠카를 쫓아오던 튤리 라니온은 동굴 안으로 들어가는 카토 치츠카를 바라보며 말했다.

"하지만 어리석구나. 이곳은 벤슈타인가(家)보다 우리 라니온가(家)의 영토에 더 가깝다. 저 동굴을 우리가 모를 거라고 생각한 것인가?"

그녀는 동굴을 바라보며 가볍게 비웃었다.

"저 동굴을 그리 길지 않다. 게다가 그 끝은 커다란 공터에 불과하지."

"적이 있을 수도 있습니다."

"이쪽 길을 통해 올 수 있는 세력은 우리뿐이다. 게다가 외지인이라 해봐야 기껏 2~300명의 오합지졸뿐."

튤리 라니온은 자신의 얇은 세검을 뽑아 병사들을 향해 소리쳤다.

"추격을 계속한다!!!"

"이게…… 뭐지?"

정확히 30분이 채 되지 않는 시간이 흐른 뒤였다.

카토 치츠카는 눈앞에 펼쳐진 광경을 바라보며 할 말을 잃은 듯 멍한 눈빛으로 고개를 들었다.

"드디어 도망치는 걸 포기했나. 죽을 자리를……."

밖에서 들려오는 차가운 목소리.

그러나 자신감이 넘쳤던 그 목소리마저 동굴을 지나 공터로 나온 순간 멈추고 말았다.

"강한 적을 상대하는 가장 효율적인 방법은 준비된 함정으로 끌고 오는 것. 하지만 결코 쉽지 않지."

"누…… 누구냐!"

"그러기 위해서 필요한 것이 방심. 자신이 잘 알고 있는 지형일수록, 확신에서 오는 자신감일수록 판단력을 흐리게 만들거든."

튤리 라니온은 고개를 치켜세우며 소리쳤다.

분명…… 너른 공터였어야 했다. 이 동굴의 끝이. 하지만 눈앞에 펼쳐진 건…… 캄캄한 어둠. 그것만이 그녀를 기다리고 있었다.

"검술이 존재하고 마법이 존재하는 세상이라 한들 무조건 힘으로만 모든 걸 해결할 수 있을 거라고 생각하면 오산이지."

"……!!"

"하지만 이 세계에서만 쓸 수 있는 전술들이 있다. 현실이라면 존재할 수 없는 방법."

튤리 라니온은 눈앞에 펼쳐진 거대한 석벽을 바라보며 할 말을 잃은 듯한 표정이었다.

"이 또한 전술(戰術)의 하나지."

그리고 그건 카토 치츠카 역시 마찬가지였다.

"랭크는 고작 A에 불과하면서도 꽤 오랜 세월 강자들을 괴롭혔던 한 남자가 있지."

그다지 많지 않은 환술사 중에서도 2차 전직을 했던 몇 안되는 사람 중 한 명.

A랭커 풍수사(風水士), 수비(守備)의 공손륜.

"그가 자주 사용했던 방법이다. 자신을 지키며 또한 적을 내려다보며 완벽하게 공격할 수 있는 가장 효율적인 방법."

무열은 그 석벽 위에 서 있었다.

"바로 성(城)이다."

촤–!!!

촤작———!!!

"궁수부대."

무열이 검을 들어 올렸다. 그러자 100명의 병사가 일제히 자신의 활을 들어 올렸다.

"치츠카, 네 말대로 화공의 필요성에 대해서 나 역시 공감한다. 하지만 2천 명의 가까운 병력을 한꺼번에 상대할 필요는 없지. 보다 확실하고 완벽한 방법이 있는데 말이야."

"……."

"이 세계에서 성 하나를 만들고 없애는 건 쉬운 일이지."

카토 치츠카는 공터를 에워싸고 있는 거대한 요새를 바라봤다.

"네가 말한 지점에서 벤슈타인을 상대할 때 너의 동생의 화공(火攻)을 확인하마. 하지만 그 이전에……."

츠아앙———!!!

무열이 검을 들어 올렸다. 그와 동시에 그의 뇌격에 화염이 불타오르는 순간.

화르르륵……!!

성벽 아래에 있는 궁수부대의 화살에서 붉은 불꽃이 피어올랐다.

열화천(熱火遷).

"내 화공(火攻)을 보여주지."

100개의 불꽃이 어둠 속에서 빛나는 순간, 튤리 라니온의 얼굴에는 당혹감을 넘어 공포가 감돌았다.

"후…… 후퇴해라!!!"

그녀는 황급히 외쳤다. 일사불란하게 움직였던 처음과 달리 후방에 있는 좁은 동굴의 입구는 이미 혼란에 빠진 병사들로 인해 아수라장이 되었다.

"비켜!!"

"저리 꺼져!!"

"으악……!!"

차라리 후미에 있었을 것을.

선두에 서서 당당한 여왕의 면모를 보여줬던 그녀는 자신의 그 당당함 때문에 오히려 도망칠 기회를 놓치고 말았다.

날아드는 불화살들이 도망칠 곳을 잃은 병사들에게 꽂혔다.

여기저기에서 터지는 비명.

"당장 길을 열어라!!"

"이놈들!!"

기사들은 황급히 여왕을 보호하며 퇴로를 막고 있는 자신의 병사들을 급기야 베면서 나아가기 시작했다.

무열은 그런 그들을 바라보며 낮은 목소리로 말했다.

"최혁수."

동굴의 위쪽. 그의 부름에 고개를 끄덕이는 소년.

수인을 맺는 듯 알 수 없는 손동작을 교차한 뒤 손가락으로 라니온가(家)의 병사들이 몰려 있는 곳을 찍자 그 아래로 쐐기가 박혔다.

"아직 익숙하진 않지만……."

최혁수의 목소리가 들림과 동시에 무열이 반대쪽 손으로 뇌전을 뽑아 들었다.

치지지직……!!!

무열의 검에서 날카로운 전격이 일었다.

그와 동시에.

"번개의 진. 뢰수(雷手)"

트라멜을 수복한 뒤에 얻은 새로운 진법.

푸른 바위 갱도를 공략하고 그 뒤에 세 개의 연계 퀘스트를 완료하면서 드디어 최혁수는 무열과 첫 만남 이후 수개월 동안 이루지 못한 직업 전용 퀘스트를 끝냈다.

환술사로서 한 단계 더 성장할 수 있게 만들어준 계기.

단순히 사냥으로 그 힘을 만족할 수도 확인할 수도 없었다. 그가 무열을 따라 북부 정벌에 지원한 이유는 어쩌면 이 힘을 시험해 보고 싶었기 때문이다.

고작 열여덟에 불과한 나이임에도 불구하고 사냥이 아닌 전쟁에 참여하고 싶은 욕망이 있다는 것에서 무열은 새삼 그의 마음속에 잠자고 있는 호승심을 느꼈다.

승리를 위해 차가우리만큼 냉철했던 불세출의 천재.

'하지만 지금 그 힘이 나를 위해 쓰인다.'

무열은 절대로 그를 예전에 최혁수로 만들지 않겠다고 다짐했다.

콰가가가가각……!!

콰가가각……!!

하늘에서 떨어지는 번개가 무열의 검에 닿는 순간 더욱더 위력이 증가했다. 이어 번개가 최혁수가 박은 쐐기와 연결되면서 날카로운 전격의 그물로 변해 구덩이 안에 갇힌 병사들을 뒤덮었다.

"크아악!!"

"아악!!"

그 모습에 카토 치츠카는 자신도 모르게 고개를 돌리고 말았다.

전쟁(戰爭).

인간계 주신 락슈무가 말했던 단 하나의 권좌.

그것을 얻기 위해서 서로가 싸워야 한다는 것을 잘 알고 있음에도 불구하고 권세를 일으키고 거점을 세운다 한들 아직까지 사람들은 난세가 아닌 평온했던 과거의 삶에 더 익숙했다.

사람의 살이 지져지며 혈흔이 낭자하고 지독한 타는 냄새가 구덩이 안을 채우고 있음에도 불구하고 병사들은 오히려 고개를 돌리지 않았다.

'시선이……'

카토 치츠카는 언덕 위를 바라봤다. 궁수부대를 제외하고 모든 부대원의 시선은 오로지 무열의 검에 박혀 있었다.

일절의 망설임 없는 모습.

트라멜.

자신의 땅을 빼앗길 뻔했고 그 상대가 같은 인간이었다. 그리고 그다음에는 악마군, 마지막으로 대자연이 만들어낸 재해까지.

숱한 전장에서 살아남은 병사들은 결국 자신의 터전인 트라멜을 지켰다. 이미 그들은 전쟁이란 것을 겪어본 것이다.

싸우지 않으면 빼앗길 수 있다는 것. 승리가 아니라면 살아남을 수 없다는 것.

그리고 그렇기 때문에 자신들을 이끄는 리더에 대한 절대적인 신뢰까지.

"그다음."

무열이 열화천으로 빛나고 있는 검을 위에서 아래로 그었다.

"정말, 사람 부려먹기 좋아하는 사람이라니까."

그의 모습을 본 최혁수는 입술을 삐쭉 내밀며 중얼거렸다. 하지만 말하면서도 싫지 않은 듯 다시 한번 쐐기를 박았다.

'아직…… 끝나지 않았다?'

카토 치츠카는 계속해서 이어지는 공격에 혀를 내둘렀다.

몇 번이나 합을 맞춰본 것일까. 굳이 명령하지 않아도 최혁수는 이미 무열의 생각을 읽고 있는 듯 보였다.

후우우욱……!!!

구덩이 안쪽에 새하얀 연기가 솟구쳐 올랐다.

"우아악!!"

"크윽!"

"콜록…… 콜록!!"

튤리 라니온의 병사들은 처음에는 그 연기가 불꽃에 의한 것인 줄 알았다.

그렇기 때문에 얼굴을 가리며 황급히 고개를 돌렸다. 하지만 궁수들이 쏘아내는 불화살에서 이 정도의 연기가 나올 수 없었다. 타는 냄새 역시 없었다.

안개의 진, 연하(煙霞)였다.

"침착해라!! 그저 안개일 뿐이다!!"

여왕의 주변에 있던 기사들은 병사들의 혼란을 막기 위해 소리쳤다.

"그렇지. 그냥 안개일 뿐이지."

무열은 성벽 아래에서 혼란에 빠진 적군을 바라보며 낮은 목소리로 중얼거렸다.

"하지만 그 안개가 두 눈을 막아버리고."

숙……!! 수숙……!!

화살이 쏟아졌다. 어디에서 날아올지 모르는 화살을 피하기 위해 우왕좌왕하는 병사들은 서로 얽히고설켜 방향을 잃고 말았다.

쾅! 쾅――!! 콰과캉―――!!!

"우아아악!!"

"사…… 살려줘!!"

"아악!!"

갑자기 폭탄이라도 터진 것처럼 사방에서 요란한 폭음이 터져 나왔다.

"크윽……!"

"괜찮습니까."

"아, 네. 그리고 이제 정말 편하게 말씀하세요, 영주님."

무열이 고개를 돌렸다. 그러자 조금 전 폭음으로 인해 성벽 위에서 귀를 틀어막고 있는 윤선미가 보였다. 자신이 쓴 구슬에 스스로 놀란 듯 그녀의 눈가엔 옅은 눈물마저 맺혀 있었다.

"저희를 이끄시는 분이시잖아요."

"그럼."

무열은 그녀의 말에 옅은 미소를 지으면서 고개를 끄덕였다.

파즈즈즉……!

전격이 스며들어 있는 뇌전을 가로로 긋자 윤선미는 그의 뜻을 알아차린 듯 들고 있던 스태프를 저었다. 그러자 그녀의 눈앞에 보랏빛을 띠는 구슬 하나와 녹색의 구슬이 생성되었다.

"이런……!"

윤선미는 당혹스러워하는 얼굴로 무열을 바라봤지만 무열은 오히려 상관없다는 듯 말했다.

속성이 랜덤하게 생성되는 미스틱 서클. 아직 2차 전직을 하지 않은 그녀였기 때문에 마음대로 구슬의 속성을 컨트롤할 수 없었다.

"하나로도 충분해. 맹독의 구슬은 사용하지 않는다. 여왕은 포로로 남길 테니까. 파괴의 구슬은……."

무열은 자신의 지도를 공중에 띄우고서 안개 속에 있는 동굴과 겹치게 만들었다. 마치 홀로그램처럼 지도 속의 지형이 안개 속에 투영되었다.

윤선미는 그 모습을 신기한 듯 바라봤다. 지도 제작(Cartography)이라는 스킬에 대해서 한 번도 생각해 본 적이 없는 그녀였으니까.

아니, 현 상황에서 그녀뿐만 아니라 대부분의 사람이 그 스킬에 대해서 생각조차 하지 못했을 것이다. 실제로 트라멜 안에서도 그 스킬을 제대로 습득해서 익힌 사람은 무열과 라캉 베자스 정도이니까.

강찬석은 지도 제작을 훈련할 시간이 부족하기도 했지만, 생산 스킬 중에서도 지도 제작은 난이도가 높아 D랭크 수준까지 올리기가 쉽지 않았다.

훈련병 시절에 기초 지도 제작 스킬을 배운 무열이라든지 현실에서 그와 관련된 일을 했던 사람이 아니고서야 살아남기 바쁜 이 상황에 이런 시도를 할 수 있을 리가 없었다.

"이곳."

투영된 지도 속의 지형을 손가락으로 짚으며 무열이 윤선미에게 말했다.

"괜찮을까요?"

"그럼, 튤리 라니온은 이 정도로 죽을 사람이 아니니까."

무열은 마치 그녀를 잘 알고 있는 것처럼 말했다.

윤선미는 그 말에 망설임 없이 그가 가리킨 방향을 찾아 있는 힘껏 미스틱 서클을 아래로 내던졌다.

콰아아아앙······!!

맹렬한 폭발과 함께 구덩이에서 울려 퍼지는 폭음에 살아남은 병사들은 귀가 먹먹해지는 느낌이었다.

"굉음으로 두 귀까지 잃게 되면 더 이상 할 수 있는 것이 없지."

그의 말을 증명이라도 하는 듯, 방향을 잃고 어디서 날아올지 모르는 공격에 구덩이 안에 있는 병사들은 어쩔 줄을 모른 채 도망칠 생각조차 하지 못하고 가만히 서 있었다.

인간은 생각보다 나약하다. 오감 중에 두 개를 잃어버린 순간 움직임은 제약되고 공포심은 극대화된다.

"자······."

무열은 자신의 뒤에서 기다리고 있는 병사들을 향해 소리쳤다.

"섬멸(殲滅)하라!!!"

병사들의 외침과 동시에 최혁수가 자신이 만든 토룡의 쐐기를 무너뜨리자 무열이 있는 곳을 제외하고 마치 입구가 열리듯 벽이 사라지며 그 안에서 병사들이 쏟아지기 시작했다.

와아아아아아……!!!

안개가 자욱하고 패닉에 빠진 적군이 있는 전장에서 트라멜 병사들의 함성만이 울렸다.

쿠우으으응……!!

저 멀리서 뭔가가 무너지는 소리가 들렸다. 그 소리에 1,000명에 달하는 병사가 일제히 고개를 들었다.

"으흠……."

중앙에 선 벤퀴스 번슈타인은 그와 함께 어렴풋하게 들리는 병장기가 부딪치는 소리를 놓치지 않았다.

"저 방향이라면……."

"네, 폐하. 라니온가(家)의 병력이 이동하는 길목입니다."

"그래, 적어도 그 여자라면 이날을 놓치지 않을 테니까. 외지인들에 맞서 가장 큰 힘을 얻을 수 있는 좋은 기회니 말이다."

기사는 그의 말에 고개를 끄덕였다.

오랜 숙원으로 여겨졌던 카나트라 산맥 공략.

그 주변에 살고 있는 소수의 촌락 사람의 여론 따위 때문에 하지 못했던 게 아니다. 왕가(王家)에서 시작하는 일에 고작 그런 자들의 생각 따윈 무시하면 그만.

7왕국을 잇는 산맥의 길목을 장악하는 자가 진정으로 대륙으로 진출할 수 있는 열쇠를 얻을 것이란 걸 모두가 잘 알고 있었으니까.

"신탁의 기한이었던 1년이 끝나는 시점에서 신록의 세대가 교체되며 알카르의 힘이 약해졌다. 아주 잘 짜놓은 판처럼 말이야."

"그렇습니다, 폐하."

"알카르의 힘은 폐하의 것이 될 겁니다."

"주제도 모르고 날뛰는 외지인들에게 철퇴를 내리시옵소서."

벤퀴스 번슈타인은 기사들의 말에 만족스러운 듯 고개를 끄덕였다.

그의 황금색 갑옷이 번쩍거렸다. 붉은 망토가 바람에 흩날리자 마치 피어오르는 불길 같았다.

그는 반대쪽 길목을 가리키며 말했다.

"병사를 보내 라니온가에 무슨 일이 생겼는지 확인하라고 명하라."

"네, 알겠습니다."

"이참에 눈에 걸리는 놈을 모두 정리하는 것도 나쁘지 않겠지."

벤퀴스 번슈타인의 허리에 감겨 있는 두꺼운 롱소드가 내는 찰그락거리는 소리가 들렸다.

그때였다. 여유롭게 길을 가던 그의 앞에 나타난 한 소녀.

"죄…… 죄송해요."

당장에라도 울음을 터뜨릴 것 같은, 긴장한 기색이 역력한 표정으로 말하는 아이.

그는 갑자기 튀어나온 그녀를 어리둥절한 얼굴로 바라봤다.

"누구냐!!"

"정체를 밝혀라!!"

뒤늦게 상황을 파악하고 기사들이 그의 앞을 가로막으며 외쳤다.

하지만 그보다 한발 먼저.

콰아아아아아아앙……!!!!

콰가강……!!!

양 갈래로 솟구치는 불길이 그래도 그들이 걸어온 길목을 따라 번지기 시작했다. 그와 동시에 화염은 원을 그리며 병력의 중간을 관통했다.

"우악……!!"

"으아악!!!"

자신을 덮치는 불길에 병사들은 황급히 도망쳤다. 대열이 무너지는 순간, 반으로 가른 화염은 다시 8자를 그리듯 교차점에서 갈라져 후방에 있는 나머지 병력들의 발을 묶었다.

1천 명의 병사를 뒤덮을 정도로 엄청난 규모.

마치, 용이 불을 뿜은 것 같은 말도 안 되는 위력에 기사들은 당혹감을 감추지 못했다.

"이, 이게 무슨……."

"모두 대열을 유지하라!!"

"불길을 잡아라!"

패닉에 빠진 병사들과 달리 벤퀴스는 눈앞에 나타난 소녀를 잡아먹을 듯 노려봤다.

"네년……."

그녀의 뒤로 일렁이는 화염. 느껴지는 열기와 달리 신기하게도 불은 나무가 울창한 숲임에도 불구하고 그 이상 번지지 않았다.

일반적인 불꽃과 반대로 중심부가 붉고 겉으로 갈수록 푸른색을 띠었다.

벤퀴스 번슈타인은 이를 악물며 그녀를 향해 물었다.

"어떻게…… 인간이 도깨비불을 쓸 수 있는 거지?"

린화(燐火).

확실히 그것이었다.

그 누구도 사용할 수 없으며 오직 신수(神獸)만이 사용할 수 있는, 선택받은 신의 힘.

그걸 지금 눈앞에 소녀가 쓰고 있었다.

"정체가 뭐냐."

불길에 휩싸인 병사들 사이에 서 있는 카토 유우나는 천천히 고개를 들었다.

"……!!"

도깨비불을 봤을 때에도 놀라지 않던 벤퀴스 번슈타인은 처음으로 숨을 죽이며 몇 발자국 뒤로 물러섰다. 자신을 바라보는 그녀의 오른쪽 눈동자가 마치 인간의 것이 아닌 양 푸르게 빛나고 있기 때문이었다.

꼭…… 신수가 자신을 바라보고 있는 것 같은 느낌.

'유우나가 시작했나 보군.'

무너진 석벽 아래에서 쏟아지는 병사들을 섬멸하며 무열은 저 멀리에서 솟구치는 화염을 바라봤다.

그는 심상치 않은 불길의 모습을 보며 생각했다.

'비기너(Beginner)가 직업이라는 게 사실이로군. 알지 못하는 직업이 존재할 거라고 생각은 했지만…… 이건…… 놀랍군.'

처음에는 반신반의했다. 직업이 없는 것이 직업이라는 말이 정확히 와닿지 않았으니까.

'정해진 클래스는 없지만 그 대신 허락된 자에 한 해 그 힘을 빌릴 수 있다.'

본인 자체로는 일반인과 다를 바 없는 능력이지만 대신 그 허락된 자의 능력이 강하면 강할수록 카토 유우나의 능력도 증가한다.

양날의 검과 같은 것. 허락된 힘이 사라지면 그녀는 다시 약해지니까.

'하지만……'

무열은 불길을 바라보며 생각했다.

'빌린다는 것이 인간에 국한된 것이 아니라는 점에서 어쩌면 사기적인 강함을 얻을 수도 있겠군.'

그는 감회가 새로운 듯 전장임에도 불구하고 일렁이는 화염에서 눈을 떼지 못했다.

[저 힘을 인간이 쓴단 말이로군…… 흥.]

그리고 그건 쿤겐 역시 마찬가지였다.

도깨비불 혹은 린화(燐火)라고 불리는 신수의 힘. 그건 일종의 정령의 힘이라 할 수 있었으니까.

[위대한 그 힘을 인간에게 아무런 대가도 없이 빌려주다니. 이래서 짐승에게 과분한 힘이라는 말이다.]

"그래? 나 역시 네 힘을 얻을 건데. 뿐만 아니라 나머지 정령왕들의 힘까지."

[크흠…….]

무열은 쿤겐의 말에 피식 웃었다.

'대충 카토 유우나에 대한 건 정리가 되었다. 하지만 그렇다면 이후에 히든 이터는 어떻게 되는 거지. 카토 치츠카라는 남자는 내가 아는 미래에는 없는데.'

전투가 한창인 와중에도 무열은 그의 행동을 놓치지 않고 주시하고 있었다.

그는 최혁수가 진법으로 만든 성을 발견했을 때는 무척이나 놀란 표정이었지만 그 이후는 빠르게 상황을 파악했다.

'확실히 뛰어난 남자다. 미끼 역할도 확실하게 한 걸 보면 담력도 있고 머리도 비상해. 거기에 실력도 나쁘지 않지.'

무열은 자신이 검을 맞대어 본 결과, 카토 치츠카는 적어도 쉽게 죽을 남자가 아니라 생각했다.

'히든 이터가 혹시 직업이 아니라면? 흐음…….'

카토 유우나의 능력을 알기 위해 한 거래였지만 이제 와서 생각해 보면 더 베일에 싸인 건 그의 오빠인 카토 치츠카였다.

'그래, 아직 시작일 뿐이니까. 하나씩 알아가면 되겠지. 15년 동안 존재하지 않은 남자. 하지만 수많은 업적을 남겼던 히든 이터의 본 주인.'

"와…… 이게 진짜 가능하구나. 진법을 발동시키는 데 시간이 걸린다고 하던데……. 이렇게 할 수 있으면 진짜 전쟁의 판

도가 바뀌겠네. 짓고 부수고를 마음대로 할 수 있고. 북부에
도 환술사를 몇 명 봤었는데, 이참에 영입해 볼까."

그는 전투가 시작되고 석벽이 무너짐과 동시에 바로 언덕
위로 올라와 무열의 옆에 섰다. 마치, 자신의 위치가 그와 대
등하다는 것을 보여주기 위한 행동 같았다.

초반에 당황했던 모습은 온데간데없이 카토 치츠카는 벌어
지는 전투보다 오히려 조금 전 만들었던 성에 관심을 보였다.

"으아악!!"

"아악!!"

비명이 여전히 들림에도 불구하고 그의 표정은 변하지 않
았다. 정확히는 관심이 없는 듯 보였다. 승부가 난 전장에는
더 이상 흥미를 느끼지 못해 미련을 두지 않는 것처럼.

"동생이 걱정되진 않나 보지?"

"유우나? 그럼. 그 녀석이라면 잘해낼 거니까. 게다가 사람
을 죽이라는 것도 아니고 시간을 끄는 걸 부탁한 거니. 다행
이야. 네가 있어서 손에 피를 묻히지 않아도 되고 말이지."

카토 치츠카는 가볍게 웃었다.

절대적인 자신감. 여동생을 홀로 1천 명의 대군 앞에 두어
야 하는 상황임에도 불구하고 상관없다는 표정이었다. 오히
려 자부심 가득한 얼굴.

무열은 고개를 돌리며 무심한 목소리로 말했다.

"북부에 있는 환술사를 모두 긁어모아도 이런 전술을 짤 수는 없을 거다. 이런 걸 할 수 있는 사람은 없을 테니까."

"음?"

"최혁수보다 뛰어난 환술사는 없거든."

"……뭐야?"

"그냥, 아무것도."

카토 치츠카의 얼굴이 구겨지는 순간, 무열은 천천히 아래로 내려갔다.

"승부가 났다."

"네놈……."

튤리 라니온은 무열을 차갑게 바라봤다.

시야를 가렸던 안개는 전투가 끝남과 동시에 언제 그랬냐는 듯 깨끗하게 사라졌다. 언덕 위에 있는 100명의 궁수가 활시위를 당겨 자신들을 겨누고 있었다.

"……."

보이는 것이라곤 자신의 병사들의 시체뿐. 살아남은 기사 몇 명과 얼마 남지 않은 병력으론 이곳을 도망칠 수 없다는 걸 알았다.

완벽하게 당했다.

너무나도 완벽하게 패해서 그녀는 분노조차 잃어버린 기분이었다.

"이렇게 만나는군."

"네 녀석이로군. 그 소문의 트라멜 영주."

그녀는 단번에 무열의 존재를 직감했다.

잘 훈련된 병사.

신의 축복이 시작되었던 그때 상공을 수놓았던 찬란한 오로라를 보며 북부에 있던 모든 왕가가 트라멜의 주인에 대한 궁금증을 가질 수밖에 없었으니까.

"튤리 라니온, 나는 너에게 악감정은 없다. 단지 서로 가는 길에 맞물렸을 뿐. 전쟁이란 원래 그런 거라는 걸 누구보다 네가 잘 알겠지."

"홋…… 그래, 전쟁이란 복수가 아니니까. 하지만 네가 알카르마저 노릴 거라고는 예상하지 못한 일이로군."

"글쎄. 신록을 노리는 건지 아니면 너희를 노리는 건지는 아직 모르지."

"……뭐?"

무열은 가볍게 웃으며 손가락을 들어 올렸다.

튤리 라니온은 그 모습을 바라보며 타오르고 있는 불길을 주시했다.

"설마…… 번슈타인가(家)까지 동시에 상대한다는 얼토당토 않은 소리를 하는 건 아니겠지."

7왕국 중 가장 강력한 두 세력과 한 번에 전쟁을 하겠다는 말.

"실패한다면 트라멜은 폐허가 될 거다."

"실패하지 않는다. 안 보여? 지금 이미 널 잡았지 않나."

"……."

튤리 라니온은 자신만만하게 말하는 무열을 향해 어떠한 반박도 하지 못했다.

아직 자신의 왕국에 남아 있는 2,500명의 병사. 엄청난 병력의 차이를 가지고 있음에도 불구하고 지금 자신은 패했으니까.

"그 검, 내어놓는다면 목숨을 살려주지. 뿐만 아니라 나의 권세 안에 너를 두도록 하겠다."

"……뭐?"

"너의 능력. 충분히 뛰어난 자라는 걸 내가 알고 있으니까. 죽이기엔 아깝다."

그의 말에 튤리 라니온은 어처구니없다는 표정으로 무열을 바라봤다.

"크…… 크큭……!!!"

잠깐의 정적.

그 침묵이 흐르고 난 뒤에 그녀는 허리가 젖혀질 정도로 크게 웃었다.

"버러지 같은 놈이라도 이 검이 뛰어난 것이라는 건 볼 줄 아는가 보구나."

스으응……!!

튤리 라니온의 허리에서 날카로운 세검이 뽑혀 번뜩였다. 그녀는 당당하게 말했다.

"감히 이 검을……!! 이것은 라니온가(家)에 내려오는 보검, 은빛서슬(Silver Wrath). 오직 나만이 쓸 수 있는 위대한 검이다."

콰아앙……!!

허공을 갈랐을 뿐인데도 불구하고 마치 폭발이 일어난 것 같은 굉음이 터졌다. 극도로 얇은 세검에서 만들어낼 수 있는 소리가 아니었다.

츠으으으…….

검날이 살아 있는 것처럼 차가운 냉기와 함께 날카로운 예기(銳氣)를 띠었다. 당장에라도 눈앞에 있는 적을 베어버릴 것 같은 강인한 여왕의 기세에 사람들은 압도된 듯 움찔거렸다.

단 한 사람. 무열을 제외하고 말이다.

"관심 없다, 그 잘난 검. 그래, 원한다면 다시 돌려주마."

"……뭐?"

"내가 원하는 건 검에 있는 보석."

그는 검을 가리켰던 손가락을 조금 밑으로 내렸다. 모두의 시선이 그리로 쏠렸다. 보검 아래 박혀 있는 황금색의 보석 하나. 단순히 장식이라고 생각했기에 아무도 관심을 가지지 않았던 부분.

심지어, 튤리 라니온 본인조차도.

"그게 무슨……?"

자랑스럽게 꺼낸 보검에는 관심도 없어하는 무열의 모습에 상황을 떠나서 자존심마저 구겨지는 기분이라 그녀는 더욱더 얼굴이 구겨졌다.

하지만 이미 무열의 눈엔 그보다 더 앞선 것을 바라보고 있었다.

검의 구도자(Seeker of the Sword).

세븐 쓰론을 살아가는 사람이라면 한 번은 들어볼 수밖에 없는 이름이다.

이강호가 자신의 권세를 만들고 권좌에 오르기 전, 대륙을 나누고 있던 3강들과의 전투에서 그를 승리로 이끌어준 SSS급 무구.

그것이 완성된 순간, 지금껏 전혀 볼 수 없었던 유일무이한 위업 달성을 알리는 찬란한 메시지창이 대륙 전역에 생성되었다.

검과 갑옷으로 구성된 세트 아이템.

그것을 이용해 이강호는 인간군 4강 중 3명의 목을 베었다.

그리고 이강호가 없는 현재, 무열이 검의 구도자를 얻기 위한 다섯 개로 구성된 월드 연계 퀘스트를 노리고 있었다.

'그 시작이 바로 은빛서슬의 보석.'

무열은 튤리 라니온의 검을 바라봤다. 날카로운 세검 손잡이 부분에 박혀 있는 황금빛의 보석이 빛났다.

'이강호조차 우연히 발견한 퀘스트였지.'

검의 구도자가 만들어진 비화는 대륙에서 유명한 일이었다. 특히, 무구를 완성하기 위한 마지막 퀘스트는 말 그대로 월드 미션이라고 할 정도로 엄청난 규모였기 때문. 그렇기에 무열조차도 그 무구에 대한 비밀의 일부는 알게 되었다.

'문제는…… 검의 구도자 퀘스트를 시작하는 데 필요한 아이템이 두 개라는 것. 그중 하나가 저것이라는 건 알지만…… 나머지 하나가 무엇인지는 모른다.'

무열은 생각에 잠긴 듯 눈을 흘겼다.

'알카르의 폭주, 번슈타인과 라니온가(家)의 집합, 그리고 마지막으로 붉은 부족까지.'

미래가 바뀌지 않았다면 이곳에 있어야 할 사람은 자신이 아닌 이강호였을 것이다.

'분명 그는 여기서 두 개의 퀘스트 아이템을 얻어 검의 구도자를 시작했다.'

무열은 카토 치츠카에 의해 북부 7왕국 중 두 곳이 움직인다는 이야기를 듣고 직감했다.

'나머지 하나는 분명……'

벤퀴스 번슈타인이 가지고 있다.

"목숨만은 살려주겠다고? 그리고 네 권세에 라니온가(家)를 넣어주겠다?"

튤리 라니온의 날카로운 목소리에 잠시 생각에 잠겨 있었던 무열은 천천히 고개를 들었다.

"별거 없다. 받아들이지 않는다면 라니온가(家)는 유일하게 왕의 기질을 가진 장녀를 잃게 될 뿐. 부모도 없는 지금, 너의 죽음 뒤에 닥칠 일들은 유약한 둘째 딸과 겨우 일곱밖에 되지 않은 막내아들이 감당하기엔 버거운 일이겠지만."

무열은 마치 가문의 나머지 사람들을 본 것처럼 말했다. 그의 태도에 카토 치츠카는 흥미로운 눈빛으로 그를 바라봤다.

"하지만 받아들인다면 라니온가(家)는 계속해서 존재할 것이다. 너희 가문이 통치하는 다섯 개의 성 역시 그대로 유지될 것이고."

너무나도 당연한 표정으로 말을 하는 무열의 모습에 튤리 라니온은 할 말을 잃은 표정이었다.

"유린 라니온, 휴 라니온."

"……!!!"

"네 형제를 생각해라."

두 사람의 이름이 거론되자 순식간에 그녀의 낯빛이 어두워졌다.

가족(家族). 참으로 가벼우면서 한없이 무거운 단어.

무열 역시 그 이름을 포로로 삼고 싶은 생각은 없다. 하지만 써야 했다.

'전쟁이니까.'

자신 역시 가족이 있다. 그렇기에 그 이름이 가지는 무게만큼은 자신 역시 잘 알고 있었기 때문이다.

"……."

흔들리는 그녀의 모습.

여왕으로서의 절개와 가족의 가장으로서의 모습 속에서 튤리 라니온은 휘청거릴 수밖에 없었다.

무열은 그런 그녀를 바라보며 나지막한 목소리로 말했다.

"지금 당장 결정을 내리라는 것은 아니다. 네 말대로 실패한다면 아직 남아 있는 너의 2천 명이 넘는 병력과 번슈타인가(家)의 4천의 군대가 움직이겠지."

천천히 고개를 들어 그녀가 무열을 바라봤다.

"그러니 네 두 눈으로 보고 결정해라. 내 앞에 번슈타인이 무릎을 꿇고 고개를 떨구는 모습을 보여줄 테니. 지금의 너와 마찬가지로."

꿀꺽.

튤리 라니온은 당연하듯 말하는 무열의 모습에서 자신도 모르게 압도되어 마른침을 삼켰다.

두 가문의 전쟁.

전통적인 왕가였던 라니온가가 번슈타인가에 밀려 북부 왕좌를 내어준 것이 벌써 백여 년. 아직까지 그 차이를 메우지 못해 여전히 2위라는 불명예를 안고 사는 그녀였다.

튤리 라니온은 무열의 얼굴을 찬찬히 살폈다. 자신의 오래된 숙원과도 같은 그 일을 지금 눈앞에 있는 남자는 마치 당연히 넘어가는 하나의 관문처럼 말하고 있으니 말이다.

"정말로…… 가능한 일이라 생각하는 거냐."

그녀는 처음으로 물었다. 반발이 아닌 진심에서 나오는 물음.

"고작 두 개의 왕가조차 굴복시키지 못한다면 처음부터 북부 정벌이란 출사표를 내걸지 않았겠지."

"……!!"

"너희가 끝이 아니다. 북부 7왕국, 그 모두를 나는 통일할 것이다."

정말이었다. 정말로 그는 자신의 숙원을 단지 하나의 관문 정도로만 생각하고 있었다.

"실패한다면 네가 내 목에 칼을 들이밀 수 있게 되겠지. 네가 자랑하는 그 은빛서슬로 말이야."

무열은 몸을 돌렸다. 그녀는 그의 뒷모습에서 느껴지는 아우라가 어느새 자신을 압도하고 있음을 알았다.

'어떻게⋯⋯.'

왕가의 핏줄로 태어나 지금까지 그렇게 자라왔던 자신보다 더 뭔가를 뛰어넘은 듯한 모습이었다.

그러나 생각보다 어렸다. 기껏해야 자신과 비슷한 나이에 불과할 20대.

튤리 라니온은 한참을 그렇게 무열의 등을 바라보고 있음을 깨달았다.

그녀는 모를 것이다. 그가 왕으로서의 삶보다 더 엄청난, 죽음이란 것을 경험했기 때문이란 것을.

"실패는 없다."

[크르르르르르⋯⋯!!!!]

무열의 앞에 나타난 붉은 서펀트를 바라보며 라니온가(家)의 기사들은 깜짝 놀라지 않을 수 없었다.

"전군(全軍), 번슈타인의 발목을 끊으러 간다."

그는 서펀트의 머리 위로 가볍게 뛰어오르고서는 튤리 라니온을 향해 손을 내밀었다.

"음⋯⋯?"

"따라와라. 땅에서는 볼 수 없는 모습을 보여주마. 그것이 내가 보는 광경이다."

그의 손을 물끄러미 바라보던 튤리 라니온은 천천히 발걸음을 떼었다.

어째서일까. 병사를 잃고 죽음의 문턱에서 오히려 복수의 대상이 되어야 할 무열에게 기대가 되는 것은.

아니, 조금만 생각해 보면 그건 무열이란 남자가 아닌 무열이 이제 곧 할 일에 대한 기대일 것이다.

"훗……."

필립 로엔은 사라지는 무열을 보며 어쩐지 예전의 자신이 일이 생각나는 듯 가볍게 웃었다. 그리고 그런 그의 모습을 이해를 한다는 것처럼 최혁수를 비롯해 윤선미와 강찬석까지도 고개를 끄덕였다.

"진격하라."

와아아아아———!!!

와아아——!!!

이미 준비를 마친 병사들은 상공에서 내려오는 무열의 명령에 한 치의 망설임도 없이 달리기 시작했다.

산맥에 존재하는 또 하나의 적, 벤퀴스 번슈타인을 향해.

"저년을 잡아라!!!"

"절대 놓치지 마라!!"

카나트라 산맥의 반대편은 여전히 린화의 불길로 인해 소란스러웠다.

"퇴로를 만들어라!!"

"하, 하지만……!! 불길이 잡히질 않습니다!!"

상관의 명령에도 불구하고 병사들은 꺼지지 않는 화염을 바라보며 어떻게 해야 할지 몰라 당황해하고 있었다.

화르르륵……!!

게다가 불길은 점차 더 병사들을 조여오기 시작했다.

"제발……."

카토 유우나는 자꾸만 뭔가를 찾는 듯 두리번거렸다. 키만큼 높은 불의 벽 때문에 아무것도 찾을 수 없었지만 시전자인 그녀만큼은 달라 보였다.

"네 이년……!!!"

벤퀴스 번슈타인은 당장에 그녀를 벨 듯 거검을 들고 있는 팔을 힘껏 휘둘렀다.

그때였다.

파아아앗……!!!

있는 힘껏 뒤로 도망치는 카토 유우나의 등 뒤로 솟구쳐 있던 화염이 공기가 터지는 듯한 소리와 함께 일순간 사라졌다.

콰아아아아앙———!!!

있는 힘껏 벤 그의 검은 무언가 단단한 것에 막힌 듯 공중에 멈춰 있었다.

"하아, 하아⋯⋯."

카토 유우나의 머리 위에 정확히 멈춘 벤퀴스의 검.

끼긱⋯⋯ 끼기긱⋯⋯.

두꺼운 메이스가 그의 검을 막아섰다. 검날이 부딪히며 날카로운 소리를 만들어냈다.

"⋯⋯넌 뭐냐."

벤퀴스 번슈타인은 눈앞에 나타난 남자를 노려보았다.

남자는 차가운 표정으로 그를 내려다보고 있었다.

그의 뒤에 서 있는 붉은 피부의 병사들.

단번에 그 정체를 알았다.

"그렇군⋯⋯. 저급한 놈들이 감히!! 이런 짓을 꾸며!! 북부 7왕국의 수장인 나를 막아서다니!!"

"7왕국? 흐음, 역시 너희들이 움직였군. 커다란 덩치에 부리부리한 눈매. 그래, 네가 바로 벤퀴스 번슈타인이로군."

마치 기다렸다는 듯한 표정을 짓는 그를 바라보며 벤퀴스는 다시 한번 자신의 거검을 크게 휘둘렀다.

콰아아앙⋯⋯!!!

폭음과 함께 카토 유우나가 만든 도깨비불이 휘청거렸다.

"붉은 부족. 반인반마의 괴물들이라면 이런 짓을 하는 것에 대해서도 충분히 이해가 가지."

이제 더 이상 그에게 있어서 그녀의 존재는 중요하지 않은 듯 벤퀴스는 눈앞의 남자를 바라보며 으르렁거리는 목소리로 말했다.

"이럴 수가……."

튤리 라니온은 믿기지 않는 광경에 입을 다물지 못했다.

'붉은 부족……? 저 녀석들이 어째서…….'

생각지도 못한 제3의 세력의 등장이었다. 그들의 존재는 잘 알고 있다.

태초에 신의 은총으로 만들어진 순수 인류가 아닌 용의 피를 받아 인간도 괴물도 아닌 존재가 되어버린 반인반마의 소수 부족.

그러나 그 힘만큼은 오히려 신의 규율을 역행할 정도로 강력했다.

'어림잡아도 2~300명 정도는 될 것 같군. 부족원의 거의 대부분이 이동한 건가. 저 정도 규모라면 번슈타인의 병력을 상대할 수 있을 정도다. 그런데…… 저 앞에 있는 자는 누구지?'

튤리 라니온은 붉은 부족의 선두에 서 있는 새하얀 터번을 쓰고 있는 남자를 바라봤다.

"알라이즈 크리드. 이번에 새로이 붉은 부족을 통합한 남자다. 너희들이 싫어하는 외지인이지. 하지만 토착인인 붉은 부족은 그를 섬기기로 했다더군."

무열의 말에 그녀는 고개를 돌렸다.

"흥······. 미개한 놈들이라면 그런 어리석은 선택을 할 수도 있겠지. 용케 저자가 이곳으로 온다는 걸 알았군. 믿는 구석이 있을 거라고는 생각했지만 생각지도 못한 전력이었어."

너무나도 완벽한 무대였다. 린화가 벤퀴스의 발을 묶고 동시에 불을 다루는 붉은 부족이 나타났다는 것은.

속을 수밖에 없는 구도.

'붉은 부족이 산맥을 타고 온다면······ 우리와는 출발지가 완전히 다르기 때문에 이 지점에서 만나지 않고 다른 길로 갈 수도 있다. 두 세력이 어긋나지 않게 화염으로 발을 묶은 걸까.'

하지만 절묘한 이 계획은 아무리 생각해도 너무 도박성이 짙었다.

'아냐, 저들이 이쪽 길로 오는 것이 확실하지 않은 이상 실행할 수 없는 계획이다. 단순히 운이 좋았던 걸까.'

"전쟁을 운으로 할 수 있다 생각하나?"

"······뭐?"

자신의 생각을 읽은 듯 묻는 무열에 그녀는 살짝 어깨를 떨었다.

무열은 자신의 품 안에서 작은 보옥 하나를 꺼냈다. 보옥 안은 마치 물속에서 작은 돌멩이가 핑그르르 돌고 있는 것 같은 모습이었다.

"그렇다면 너는 남은 병사마저 잃을 것이다. 길이란 만들라고 있는 거지."

"설마……."

그녀는 조금 전 자신의 눈앞에 있던 거대한 석벽을 떠올리며 입을 다물지 못했다.

처음부터 있던 길이 아닌 만들어진 길. 붉은 부족은 저들도 모르게 무열의 의도대로 이쪽 길을 택하게 되었던 것이다.

"나는 운을 믿지 않는다, 튤리 라니온."

"싸워라!!!"

"죽여―――!!!"

"절대로 물러서지 마라!!!"

콰아앙……!!

콰쾅!! 쾅!! 콰아앙―――!!!

아래에서 들려오는 두 권세가 부딪치는 소리.

비명과 고함이 뒤엉켜 들렸고 꺼지지 않는 도깨비불 아래로 붉은 피가 흘러내리기 시작했다.

무열은 그녀를 향해 확신에 찬 목소리로 말했다. 그 순간, 튤리 라니온은 오싹한 소름을 느꼈다.

"모든 건 계획되어 있다."

45장
벤퀴스 번슈타인

약간의 오해.

하지만 그 불씨의 효과는 엄청났다.

말 그대로 난전(亂廛).

같은 토착인이라 하더라도 외모가 다르고 혈통이 다른 두 세력은 이미 대치하는 상황만으로도 피를 부르기 충분했다.

현실과 마찬가지로 이곳 역시 토착인끼리의 전쟁은 존재했다. 그와 동시에 부족 간의, 혹은 세력 간의 오해와 무시 역시 똑같이 존재했다.

"죽여라!!!"

"이 미개한 부족 놈들이⋯⋯!!!"

"으아아아아───!!

북부 7왕국, 그리고 이민족이라 여겨지는 붉은 부족.

그 어떤 설명도 불가하고 두 세력은 지금 뒤엉켜 싸우고 있었다.

"훌륭하군……."

언덕 위에서 최혁수는 자신이 만든 또 다른 전장의 모습을 보며 만족스러운 표정을 지었다.

그는 타고난 책사(策士)다. 무력보다 자신이 만든 계책이 정확히 맞아떨어질 때 더 희열을 느끼는 존재.

"딱히 진법이 오랫동안 유지가 될 필요도 없다. 원래 만들어져 있는 갈림길을 없애고 새롭게 길처럼 보이도록 만드는 게 목적이니까."

신호탄을 보고 집결한 최혁수에게 가장 먼저 무열이 지시한 것은 토룡의 쐐기를 만드는 것이 아니라 보옥을 만드는 것이었다.

"위력도 강할 필요 없다. 생성된 토룡이 주위의 나무 정도만 무너뜨릴 수 있으면 되니까. 마치 길인 것처럼 보이게끔. 무슨 말인지 알겠지."

소름이 돋았다.

아니, 이건 전율이었다.

그 짧은 시간 안에 무열은 두 개의 전장을 모두 컨트롤할 생각이었다.

카토 치츠카가 미끼가 되어 데려오는 튤리 라니안을 상대로 한 요새(要塞) 전술.

그리고 또 하나, 알라퀴즈 크리드를 벤퀴스 번슈타인에게 유도하는 토룡(土龍) 전술.

'대단해. 인정할 수밖에 없겠어.'

최혁수는 조금 전 만족스러운 표정 대신 이번엔 입술을 씰룩거렸다.

아직 부족했다. 지금 이 승리로는.

물론, 그 이유 역시 그는 잘 알고 있다.

'이건 내가 만든 전장이지만 내가 만든 전술은 아냐. 이번 전투의 결과는 온전히 대장의 것이다.'

그의 머릿속으로는 절대로 생각할 수 없는 일이었다. 아니, 사실상 현시점에서 누구도 생각할 수 없는 전술일 것이다.

단 한 명. 무열을 제외하고 말이다.

그 이유, 바로 테이밍(Taming)이라는 변수.

이 모든 걸 가능하게 만든 것은 다름 아닌 무열의 플레임 서펀트였다.

번슈타인의 경로를 확인하고 도보로 이동을 해야 하는 알라퀴즈보다 한발 먼저 움직여 두 세력이 마주하게끔 보옥으로 만든 토룡의 진법으로 길을 교묘하게 바꾸었다.

그와 동시에 보옥을 만드는 걸 끝낸 최혁수부터 틀리 라니온이 도착할 곳에 미리 매복시켜 요새를 구축하게 했다.

아무리 빨리 달려도 불가능한 거리.

7왕국 중 두 왕국의 왕도 붉은 부족을 통합한 강자인 알라이즈조차 무열의 서펀트는 예상하지 못한 일이었을 것이다.

상상을 뛰어넘는 전술.

하지만 최혁수가 아쉬워하는 것은 그가 생각한 전술 때문이 아니다.

'나는 대장이 서펀트를 가지고 있다는 걸 알고 있었어.'

그럼에도 불구하고 떠올리지 못했다. 그가 아쉬워하는 건 바로 그 점이었다. 똑같은 조건이었음에도 불구하고 무열보다 먼저 전술을 떠올리지 못한 것에 대한 승부욕.

'다음에는 대장보다 내가 먼저 해내겠어.'

마치 무열과 승부를 하는 것처럼 최혁수는 전장을 바라보며 생각했다.

최혁수는 알지 못했다. 비행이 가능한 부대와 환술사의 조합을 통한 전술. 이 전술이 사실상 과거, 아니, 이제 다가올 미래의 그가 창안한 방법이었다는 것을.

무열은 수년 뒤에 최혁수가 계획했던 전술에 직접 참가했었다. 그저 듣고 보기만 한 것이 아닌 직접 몸으로 경험해 본 것이야말로 가장 기억에 남는 것. 그것이 현시점에서 전술적인 부분에서도 최혁수보다 몇 수는 무열이 더 앞서 있을 수밖에 없는 이유였다.

하지만, 그 때문에 오히려 최혁수는 더욱 승부욕이 생겼다. 자신보다 뛰어난 무열에게 도전하고 싶다는 욕심.

사실상 뒤집어 생각하면 이 승부는 미래의 자신과의 싸움이기도 했다. 그리고 그건…… 최혁수라는 책사를 몇 단계 더 빠르고 높게 성장하게 할 기회였다.

"끝나가는군."

"……뭐?"

아직 전투의 초반에 불과했다. 기껏해야 두 세력이 격돌한 건 십여 분 남짓. 벤퀴스의 병력 중 대부분의 사상자는 알라이즈의 붉은 부족 때문이 아니라 카토 유우나의 린화로 인한 것이었으니까.

여전히 뒤엉켜 있는 두 세력.

그런데 이미 전투의 종결을 예견하는 무열을 보며 그녀는 되물었다.

"누가 이겼다는 거지……?"

"이 싸움에서 승리는 중요하지 않다. 결과는 이미 나와 있으니까. 거점이 유지되는 토착인과 아직 자신의 기반이 약한 외지인이 붙었다는 점에서 말이지."

알라이즈 크리드.

용군주라는 이명을 가지기까지 그는 꽤 우여곡절이 많은 남자다.

'용족을 통합한 정민지와 마찬가지로 그 역시 특이하게 붉은 부족을 기점으로 검은 이빨, 녹색 달, 용골 부족까지. 그는 토착인 중에서도 원시 부족들을 흡수하며 세력을 키웠다.'

세븐 쓰론이 열린 지 이제 곧 1년. 붉은 부족을 통합한 시점에서 알라이즈 크리드는 해야 할 일이 많았다.

그 주변에 있는 검은 이빨 부족이 아직 정리되지 않은 상황에서 부족의 주력 병력을 빼온 그는 사실상 알카르 사냥에 크게 무리를 할 수 없는 상황이다.

'아마도 틈을 노려볼 생각이었겠지.'

토착인인 붉은 부족 역시 신수가 약해지는 시점을 알고 있었을 테니 쉽사리 이 기회를 포기하기 어려웠을 것이다.

'하지만 거기까지다. 무리하지 않겠지, 그라면.'

"모두 물러서라!!"

"네? 하지만……!!"

한창 싸우고 있던 붉은 부족의 전사는 알라이즈의 말에 고개를 돌렸다.

"이 이상 불필요한 희생을 감수할 필요는 없다. 여기서 너희를 잃는다면 호시탐탐 노리고 있는 검은 이빨 녀석들을 상대할 수 없다."

알라이즈의 말에 붉은 부족은 울컥하는 마음이 들었다.

"그럼 알카르는……."

"돌아간다. 우리는 처음부터 기회를 노렸을 뿐, 전쟁을 하러 온 것은 아니니까."

"하지만……!!"

"안다, 너희들이 7왕국에게 가지고 있는 분노를. 하지만."

그는 자신의 거대한 메이스를 휘둘렀다.

퍼어어억……!!!

퍼퍽……!!

둔탁한 소리와 함께 병사들의 머리가 터져 나감과 동시에 불타올랐다. 그의 등 뒤에 솟아 있는 카토 유우나의 린화(燐火)가 마치 살아 있는 것처럼 그의 몸을 감싸더니 메이스를 쥔 손가락 안으로 흡수되었다.

"음?"

'저건…… 종잡을 수 없는 불꽃?'

무열은 자신의 반지를 바라봤다.

하지만 마치 살아 있는 것처럼 알라이즈 크리드를 따라가는 불꽃을 바라보며 생각했다.

'아니야. 조금 달라. 종잡을 수 없는 불꽃은 화염 대미지를 반사하는 것이지 저런 식으로 사용하는 게 아니야.'

불꽃을 자신에게 흡수시켜 다시 내뿜는 효과를 가진 반지.

무열이 알고 있는 아티펙트 중에 그런 건 오직 하나였다.

'생명의 불꽃.'

시전자의 힘과 흡수하는 불꽃에 비례해서 자신의 무기에 화염 속성을 입힐 수 있는 특수한 반지.

단순한 설명만 따진다면 화진검(火眞劍)을 배운 무열에겐 그다지 이점이 없어 보일지 모른다.

하지만 아티펙트로 생성되는 불꽃은 무열이 스스로 만들어 내는 불꽃과 명백하게 다르다.

아티펙트 중에는 고유의 스킬을 가지고 있는 것들이 있다.

생명의 불꽃이 그렇다.

우우우웅…….

알라이즈 크리드의 메이스 주변을 맴돌고 있는 작은 두 개의 불꽃.

'역시…….'

무열은 그것을 보면서 확신했다.

'살아 있는 불꽃. 저건 분명 소울 프레임(Soul Flame)이다. 게다가 두 개라……. 저 정도로 생명의 불꽃을 다룰 수 있다면…… 어쩌면 벌써 그는 B랭크일지도 모르겠군.'

자신의 화염 속성을 증폭시켜 주는 스킬. 개수가 많을수록 증폭되는 계수 역시 증가한다.

"알라이즈 크리드가 그 반지를 얻었다라……."

그 반지가 그의 손에 들어갈 것이라고는 생각하지 못했다.

그에게 있어서 가장 유명한 아티펙트는 누가 뭐라 해도 종잡을 수 없는 불꽃이었으니까.

'어쩌면…… 나 때문일지도.'

첨탑에서 얻어야 할 반지를 자신이 얻었기 때문에 미래가 바뀐 것일지 모른다.

'오히려 고맙군.'

무열은 가볍게 웃으며 그를 바라봤다.

'생명의 불꽃을 얻으러 가는 수고를 할 필요 없게 되었으니까.'

무엇보다 가장 그에게 필요한 아이템이었다. 기회가 되면 가장 먼저 얻으려고 했던 그것이 어디 있는지 확인했으니 말이다.

'지금 당장 빼앗고 싶지만…… 자칫 잘못하면 오히려 두 세력의 연합으로 역공을 받을 수 있을 터.'

아무리 사이가 나쁜 토착인이라 할지라도 외지인들에 대한 적개심보다는 덜 하니 말이다.

게다가 지금, 이 화공의 주인이 자신이라는 것이 밝혀지는 순간 상황이 역전되는 건 순식간이 될 것이다.

퍼어억……!!

알라이즈 크리드는 눈앞의 병사를 메이스로 짓누르면서 소리쳤다.

"그 분노보다 부족에 남아 있을 너희의 아내와 아이들을 생각해라!! 이곳에서 치러야 할 불필요한 희생 때문에 그들을 불행케 하지 마라."

붉은 부족의 병사들은 그의 말에 가볍게 몸을 떨었다.

"곧 우리의 것이 될 것이다."

"와아아아……!!!"

그러나 오히려 무열은 그런 그의 모습에 냉소를 지었다.

'사람을 다룰 줄 아는 남자군. 하긴 그러니 토착인 중에서도 공략이 어려운 원시 부족에 가까운 저들을 통합했겠지.'

알라이즈 크리드의 결정은 빨랐다. 아직은 위험한 도박보다는 확실한 기반을 택한 것.

그리고 그건 무열의 예상대로였다.

'그래, 그는 그런 사람이지.'

순식간에 흩어지는 붉은 부족의 병사를 향해 벤퀴스 번슈타인은 소리쳤다.

"거기 멈춰!!!"

하지만 산악지대에서 살아가는 붉은 부족을 쫓기는 역부족이었다.

"제길……!!"

벤퀴스 번슈타인은 자신의 거검을 바닥에 내리꽂으며 소리쳤다.

그의 외침을 들으며 무열은 고개를 돌렸다.

산맥 아래쪽에서 다시 올라와 이동 중이던 자신의 병사들이 이제 거의 도착해 가는 것을 볼 수 있었다.

'이쯤인가.'

나쁘지 않다.

아니, 적절한 타이밍이었다.

검병부대에 소속되어 있었기 때문에 무열은 병사들의 이동 속도를 가늠하는 데 능숙했다.

"이제 우리 차례군."

"……뭐?"

스아아아아……!!!

무열의 말이 끝남과 동시에 플레임 서펀트가 날카로운 파공음을 내며 산맥을 향해 내려갔다.

"빌어먹을……!! 이게 어떻게 된 일이야!!!"

갑자기 튀어나온 붉은 부족, 그것도 모자라 눈앞에 솟구친 도깨비불까지.

벤퀴스 번슈타인은 왕의 체통 따윈 잊은 듯 분노가 어린 목소리로 욕지거리를 내뱉었다.

"뭐긴. 보는 대로다."

"누구냐!!!"

갑자기 들려오는 목소리에 기사들이 황급히 검을 겨누며 소리쳤다.

"으음……? 넌?!"

자신의 앞에 나타난 무열을 바라보던 벤퀴스 번슈타인은 향해 그 옆에 서 있는 튤리 라니온을 바라보며 눈을 동그랗게 떴다.

"연꽃의 여왕, 당신이 어째서 저자와 같이 있는 거지?"

"……."

그의 물음에도 불구하고 그녀는 대답 대신 고개를 돌렸다.

"설마…… 네년도 외지인과 손을 잡는 그런 어처구니없는 짓을 저지르는 건 아니겠지?"

"그녀는 포로다. 그리고 증인이기도 하지."

"증인……?"

"네가 나에게 패배를 인정하는 것을 북부 7왕국에 알릴 증인."

"……뭐?"

무열의 말에 벤퀴스 번슈타인의 얼굴이 구겨졌다.

잠깐의 혼전이 있었지만 아직도 자신의 병력은 800명가량 남아 있었다. 그런 상황에서 단신으로 나타난 무열의 모습은 벤퀴스의 입장에서는 황당 그 자체였다.

"이놈이고 저놈이고……! 모두 미쳤군!! 죽고 싶어 환장을 한 모양인데, 좋다. 네놈의 목을 베어 지금 이 분노를 가라앉혀야겠다!!"

그는 바닥에 꽂은 검을 뽑았다.

부우웅……!!

'벤퀴스 번슈타인은 의심이 많고 조심스러운 튤리 라니온과는 정반대의 성격이다.'

말 그대로 태생적으로 패왕(覇王)의 기질을 고스란히 가지고 있는 남자.

'그렇기 때문에 그 성질을 포기하지 못하지.'

차아아앙……!!

있는 힘껏 거검을 들어 무열을 향해 내려치려는 순간, 오히려 무열은 느긋한 표정으로 그걸 바라보며 작게 중얼거렸다.

"조금 어둡군."

어느새 카토 유우나가 만들었던 린화가 사라져 있었다.

화르르르륵……!!

그때였다.

"……!!"

"……!!"

숲 곳곳에서 보이는 수백 개의 불꽃.

궁수부대의 화살부터 검병부대의 검에 이르기까지 열화천(熱火遷)이 닿은 곳의 병사들의 무기는 마치 횃불처럼 어둠을 밝혔다.

"이, 이건……!"

"어느새……!"

자신들을 포위하고 있는 불꽃을 바라보며 병사들은 당황한 듯 자신도 모르게 소리쳤다.

튤리 라니온은 그 모습에 혀를 내두르고 말았다.

'병사들이 오는 속도까지 계산한 것일까. 정말 뭐라 할 말이 없을 정도로 완벽하구나…….'

연속된 전투.

그리고 그 마지막 결과가 수백의 병사에 포위된 상황이라면 어쩔 수 없다.

단 한 번의 등장이었지만 이 강렬한 모습에 번슈타인가(家)의 병사들은 전의를 잃은 듯한 모습이었다.

"그럼."

무열은 천천히 걸음을 옮겨 벤퀴스를 향해 검을 뻗었다.

"번슈타인가(家)의 여덟 개의 성을 걸고."

빠득……!!

그런 그를 향해 벤퀴스가 이를 갈며 검을 들어 올렸다. 천천히 자세를 잡으며 무열이 나지막한 소리로 말했다.

"승부를 내볼까."

to be continued